齊藤 諒の生きる力

四肢麻痺・人工呼吸器装着の
僕が伝えたいこと

齊藤 諒

Ryo Saito

文芸社

はじめに

僕の名前は、齊藤諒《りょう》です。
一九九一年十二月二十七日、静岡県磐田市に誕生しました。
現在二十五歳の大学生で、両親、一つ上の姉、祖母の五人家族です。

毎日のようにグラウンドを駆け回り、野球に打ち込んでいた僕の姿は、十六歳の時、首から下がまったく動かない四肢麻痺《まひ》と、人工呼吸器を付けた体へと一変してしまいました。
野球一筋だった僕の夢を奪った交通事故……一緒に夢を追いかけていた家族も絶望のどん底に突き落とされました。

現在、身体に障がいを負った僕は、家族の助けなしには生活することができません。食事、入浴、着替え、排尿、排便、すべてにおいて介護が必要となってしまいました。尿も便も自分の意思とは関係なく出てしまい、おむつ無しでは生活できません。

事故当時、高校生だった僕にとって、どれほど屈辱的なことだったたか。「家族であっても、下の世話をされるのは恥ずかしくて嫌だ。自由に何もできないじゃないか！」……僕は惨めな自分の姿に絶望していました。

そんな僕に生きる希望を与えてくれたのは、『聖書』でした。『聖書』は、世界一読まれ、世界一翻訳され、世界一迫害されている本だそうです。

聖書はキリスト教の本だと思っていた僕は、当然読んだことがありませんでしたが、聖書に書かれている癒しの証言の数々や、全世界の人々が聖書から人間の道徳、良識を学んでおり、世界は聖書を中心に回っていること、僕を救ってくれる大きな存在があることを知り、そこに希望を抱いて読み始めたのです。そして、聖書との出合いを通して、今ある自分の姿もすべてが神様の御手の中であることを知り、受け入れることができました。聖書を知らずにいたら、どんな思いで今の自分を受け止めたら良いのか分からずにいたと思いますし、きっと加害者を許すこともできずにいたでしょう。聖書は、生きる希望を失っていた僕に、「許し・喜び・感謝」を教えてくれました。

特に僕の心に強い希望を与え、今も握りしめている聖書の一節があります。

マルコによる福音書10章27節
イエスは彼《かれ》らを見《み》つめて言《い》われた、「人《ひと》にはできないが、神《かみ》にはできる。神《かみ》はなんでもできるからである」。

神様からのラブレターだと言われる聖書が、このように約束してくれていることを知った時、僕の心は大きな平安に包まれました。もう一度、自分の足で立ちあがる日が来る！　……その日をただ待っているのではなく、障がいを持った〝今〟という時間も大切に生きたいと思うようになりました。その中で、事故に遭う前には気付かなかったこと、感じなかったこと、考えなかったこと、目を向けてこなかったことが、実は生きていく上で何より大事であることを知りました。まさに聖書は、僕にとって、「人生のバイブル」となりました。今は、障がいを持った自分が、体験したことや学んだことを一人でも多くの人に伝え、知ってもらうことが、生かされた自分に与えられた命の使い方であると信じています。

僕という人間を、障がいを持った人間を、世の中の人は可哀想だと思うかもしれません。同情を寄せるかもしれません。でも、僕は自分を惨めだとは思いません。聖書を知ったことで、僕も、そして共に聖書に出合った家族も、今、未来へ希望を抱き歩いています。この本を読んでくださる皆さん、障がいを持っている皆さんにも、僕と同じように、〝生きる希望〟と〝自分の命の使い方〟を見出してもらえたら嬉《うれ》しいです。

テモテへの第二の手紙3章16節～17節

聖書《せいしょ》は、すべて神《かみ》の霊感《れいかん》を受《う》けて書《か》かれたものであって、人《ひと》を教《おし》え、戒《いまし》め、正《ただ》しくし、義《ぎ》に導《みちび》くのに有益《ゆうえき》である。それによって、神《かみ》の人《ひと》が、あらゆる良《よ》いわざに対《たい》して十分《じゅうぶん》な準備《じゅんび》ができて、完全《かんぜん》にととのえられた者《もの》になるのである。

ヨハネの黙示録22章18節～19節

この書《しょ》の預言《よげん》の言葉《ことば》を聞《き》くすべての人々《ひとびと》に対《たい》して、わたしは警告《けいこく》する。もしこれに書《か》き加《くわ》える者《もの》があれば、神《かみ》はその人《ひと》に、この書《しょ》に書《か》かれている災害《さいがい》を加《くわ》えられる。また、もしこの預言《よげん》の書《しょ》の言葉《ことば》をとり除《のぞ》く者《もの》があれば、神《かみ》はその人《ひと》の受《う》くべき分《ぶん》を、この書《しょ》に書《か》かれているいのちの木《き》と聖《せい》なる都《みやこ》から、とり除《のぞ》かれる。

目次

はじめに　3
野球少年だった僕　14
僕の夢を奪った交通事故　19
医師からの宣告　26
帰宅するためにリハビリに励んだ日々　30
高校野球と栗山英樹さんとの出会い　37
聖書との出合い　42
奇跡体験　51
ＮＡＳＶＡ　60
僕の生活　67
未来に向けて　～大学での学び～　75

選　挙　82
加害者との和解　86
国境を越えての和解　109
命の大切さ　113
僕が信じる〝神癒《しんゆ》〟の力　118
いじめ問題　124
命を繋ぐこと　134
清原和博さんへの思い　149
命の扉を開くブログの更新　153
この本を読んでくださった皆様へ　163

あとがき　167

齊藤諒の生きる力

四肢麻痺・人工呼吸器装着の僕が伝えたいこと

野球少年だった僕

僕が野球に興味を持ったのは、小学四年生のときでした。友達が少年野球に入っていたのがきっかけでした。正直、運動神経が悪く、小学生の時は五十メートル走に十秒かかるという究極の運動音痴でした。運動会やマラソン大会があっても一番遅く、運動が得意な両親は「どうしてこんなに遅いのか？　大丈夫か？」と心配するほどでした。

こんな運動音痴の僕でもボールを触ることは好きでした。

小学校時代、足が遅い僕は、ヒットを打ってもアウトになってしまうこともありましたが、楽しく野球をやりたい、中学に行っても小学校の仲間と野球をやりたいと思っていました。

しかし、少年野球が終わった小学六年生の半ばで、クラブチームに入ることになり、そこから僕の野球に対する姿勢や考えが変わっていきました。

今まで軟式野球だったのが硬式野球に変わりました。父の高校時代の野球部の先輩がリトルリーグの監督をやっていたこともあり、浜松リトルシニアというところで、小学六年生の後半から中学時代の三年六か月、このクラブチームで野球を学びました。静岡県西部地区の中学校から選手が集められ、土日に活動していました。平日は自分で練習したり、月木の週二回は夜間練習に通っていました。公式試合や練習試合も日帰りで関東方面に行っていたので、朝四時起きも珍しくありませんでした。

歴代の卒団生の中にはプロ野球選手もいて、自然と自分自身も上を目指すようになりました。「友達と楽しく野球をやりたい」という自分から「野球の強い高校に行きたい」と思う自分に変えられていきました。硬式野球を始めた頃は、プロ野球選手になりたいという夢もありました。しかし、中学時代に出会ったチームメートとの実力の差に気付き、現実の厳しさを痛感しました。

中学三年生になり自分の進路を決めていく時、僕には、「そこそこ野球が有名な高校に入りたい。自分には野球しかない」という思いしかなく、自分の将来について深く考えることはありませんでした。両親も、野球でなら僕の学力以上の高校へ入学できると思っていたので、「勉強しなさい」ではなく「素振りしたのか！　野球道具を磨いたか！」と尻を叩《たた》いてきました。普通は、目標とする高校に対して学力が伴っていなければ塾へ通って勉強をするものですが、僕の場合は違っていました。行きたい高校へクラブチームの監督に推薦してもらうために、勉強ではなく野球の練習を一生懸命行いました。鉛筆ではなく、バットを持つことが自分にとっての高校受験でした。

僕は野球推薦で入学できる、地元で有名な「静岡県立浜松商業高等学校」を選びました。

その高校を選んだ理由は、母の勧めでした。母の母校でもあり、「古豪浜商」と言われ甲子園の出場経験もあり、春の選抜大会では優勝したこともある学校でした。僕は、「野球ができればいい」と思っていたので、両親が望む学校へ進みました。しかも、僕が受験の年は前期・後期とあり、前期は推薦入学枠の人たちの試験で学力試験もなく面接のみでした。たまたま浜松商業高校は、僕の受験の年だけ学力試験がなかったのです。ですから受験＝合格という感じでした。

この頃から野球に明け暮れ、今まで以上に勉強をしなくなる日々を送っていました。高校受験よりも、高校に入ってから周りについていけるように体力づくりや野球の技術の向上に励んでいました。

高校に入学してからも、始発電車で学校へ行き、終電で帰ってくる生活を送っていました。朝早く夜遅い生活で授業中は居眠りばかり、試験を受けても赤点、補習授業のために野球の練習ができず、野球しかなかった僕はどんどん負の連鎖にはまっていきました。成績が悪いことよりも、そのことによって野球の練習ができないことのほうがつらかったです。

高校二年生となり夏の大会が終わり、先輩たちが抜け、自分たちの代となった時にキャッチャーとしてレギュラーに定着することができました。

翌年の夏の大会に向け夢と希望を抱き、八年間野球をしてきた中で一番楽しく充実していた日々でした。

僕の夢を奪った交通事故

二〇〇八年十月二十八日、学校に向かう途中に交通事故に遭いました。

その前日には練習試合があり、その時も活躍し、両親もこれからが楽しみだと喜んでいた矢先の出来事でした。

その日は朝練は休みでしたが、赤点の補習で出された課題をするために、いつものように朝早くに学校へ向かいました。トラックの運転手をしていた父が、学校まで送ってくれる日もあったのですが、この時は、父が学校までは行けないということで、家の近くの駅まで送ってもらいました。父は、車を降りた僕の後ろ姿を見て何だか胸騒ぎがしていたそうで、事故後、「学校まで送っていたら、こんなことにはならなかった！」と後悔したそうです。

電車を降り、そこから自転車で学校へ向かう途中の住宅街で、乗用車にはね飛ばされ頭から地面（アスファルト）に叩きつけられました。その時すぐに、自分の身体に異変を感じていました。意識はありましたが、はねられた瞬間の記憶はありませんでした。

起き上がることもできず、携帯電話で連絡したくても手足が動かず、でもその時は、「身体がしびれているのか？」と思ったぐらいで、まさか、大変な状態になっているとは思いもしませんでした。僕の後から来ていた、部活の後輩に、僕の携帯電話から母親に連絡してもらいました。その時には、はっきりと足の感覚が無かったので、後輩に「俺の足はあるのか？」と聞いていました。そんな事故直後の僕を目の当たりにした後輩は、しばらくショックから立ち直れなかったそうです。

僕は、浜松医療センターに運ばれ検査を経てＩＣＵ（集中治療室）へと移されました。頭から地面に落ちた衝撃で頸椎《けいつい》を骨折していましたが、骨折部分が炎症を起こしているため、すぐには手術ができず、一か月ほど首を固定したままの状態が続きました。事故直後は、まだ両腕にはかすかに感覚がありました。呼吸も自分でできていました。ただ、やはり足の感覚は無かったので、「足はあるのか？見せろ！」と、両親にも何度も聞いていました。しかし、だんだんと麻痺状態が悪化し、首の下までの感覚が無くなり、次第に自分で呼吸もできなくなりました。その日、家族は一度家に戻り、皆でリビングで休んでいたそうですが、夜中に「諒くんが自分で呼吸をすることができなくなったので、至急気管切開をして人工呼吸器を付けます！」と看護師から連絡を受け、すぐに病院へ駆けつけたそうです。

僕は、生死の境をさまよっていました。呼吸が止まった時は、一瞬の出来事で「スーハースーハー」と普通に息をしていたのが、いきなりピタリと止まるのです。呼吸ができないと、普通の人は苦しくてたまらないと思いますが、その時の僕には苦しいという感覚もなく、周りで何が行われているのかも分からず、目の前はテレビ画面の砂嵐のような状態になり、耳からは何の音も聞こえませんでした。孤独で意識が遠のいていく中、「ああ、ここで死ぬのか……」そんな思いもよぎりました。

一か月後、首の炎症が落ち着いてきたので手術をし、骨折した部分をボルトで固定しました。ずっと首を動かすことができず、眼だけを動かす状態でしたが、手術をしたことでやっと首を動かすことができるようになりました。だからといって変わらぬ景色。変わらぬ状況。

医師が特に治療をしてくれるわけでもなく、長い一日が繰り返されるだけでした。

「身体が動かず、自分で呼吸もできない僕はいったいどうなるんだろう？　いつ退院できるのか？　この部屋で一生を終えることになるのか？」と思いながら過ごしていました。天井を見れば四個か五個の点滴がぶら下がっており、口から食事が取れないため、鼻から管を入れ胃に流動食を流し込むだけの生活。身体は筋肉が無くなり痩せ細る一方でした。

「死んだほうがましだ！　だからといって自分で死ぬこともできない……この前まで、大好きな野球に明け暮れていた自分が、こんな身体になるなんて！　何で俺が！……」

悔しくて悔しくてたまりませんでした。涙を流しても自分で拭くこともできませんでした。

ＩＣＵにいた時には、いろいろな〝神々〟に頼っていましたが、僕の家は普通の仏教の家で、お墓も仏壇もあり、〝先祖〟も拝む寺の檀家でした。さらには以前、両親が働いていた会社の社長にすすめられ、ある新興宗教にも入信していました。事故後も何とか僕の身体が癒されるようにと、父の知人から陰陽師を紹介してもらいました。自宅の周りを塩で清め、お祓《はら》いのようなことをしたそうです。それとは別に、付き添う母に、病院の消灯時間が来たら、朱墨で半紙に一筆書きで星（☆）を書き、そこに何か文字を書いて（何を書いたかは覚えてないそうです）折りたたみ、僕の頭の下に置くように言われたそうです。「決して人に見られてはいけない」と言われ、毎晩行っていたそうです。他にも、方々の神社のお守りやお札などを次々と飾り、それらにより頼んでいました。

医療から見離され、わらにもすがる思いで両手両足に願掛けした数珠を付けた僕の姿は、まさに〝苦しい時の神頼み〟でした。両親は、いわゆる神々と呼ばれるものに、どれほどのお金を使ったか分かりません。ある時は、霊能者や気功師が病室に来て、僕の周りをウロウロし、身体に手をかざし気を入れるといったような行為をしていました。僕はその時、この人はいったいだれなのか訳が分からず、されるがままでした。あとあと知ったのですが、来た人は、世の中では「先生」と呼ばれ、テレビに出たり、本を出している著名な人たちでした。でも、どの人の行為も独りよがりで効果はなく、僕を元気づけるものでも、僕の絶望感を癒すものでもありませんでした。

医師からの宣告

入院から四か月経った二〇〇九年二月、呼吸のリハビリのため兵庫県の関西ろうさい病院に転院することになりました。

僕は、「この病院へ行けば何かが変わる。都会の病院だから、最新の技術と最新の器材があるはず。身体も動くようになるのでは⁉」と、転院することに胸をふくらませていました。何より、外に出られることが嬉しかったです。

転院するには、僕の身体の状態では移動時間をかけることができないので、ドクターヘリが用意され、兵庫の病院までは一時間弱のフライトでした。医師と看護師が付き添い、家族は先に兵庫の病院へ行っていました。転院の前日に、高校のクラスメートや野球部の仲間が「がんばれよ！　待ってるからな！」と、激励に来てくれました。当日は、母方の祖母、伯母さんに見送られ病院を飛び立ちました。初めての体験に対する不安と緊張に加え、ヘリコプターが風にあおられてずっと揺れた状態だったため、兵庫の病院に到着した時には、乗り物酔いで大変でした。付き添いの医師や看護師も同じように気持ちが悪くなってしまったそうです。二度と乗りたくないと思いました。

兵庫の病院では、一般病棟の個室に入院しました。窓がある。空が見える。朝日が当たる。テレビがある。何でもないことがどれだけ嬉しかったか。

母と姉も近くにアパートを借り、磐田市から引っ越してきました。

ドクターヘリ

母は、自宅に戻ってからの介護のために、看護師やリハビリの先生から必要な指導を受けました。転院してまず行われたのは、人工呼吸器を喉から鼻に替えることでした。転院するまでの四か月間は、意思表示は空気が漏れたような返事くらいしかできず、人と話すこともありませんでしたが、鼻に替えることで、口から食事ができるようになり、何より声を出して会話をすることができるようになりました。

そして二週間ほど過ぎた頃、ついに医師から自分の現実を宣告されました。
「齊藤君、あなたの身体は今の医学では治すことができません。現実を受け止めることは厳しいと思います。だけど今後、自宅に戻り生活できるように、五か月間ここでリハビリをして日常生活ができるようにしていきましょう」

頭の片隅では、そうではないかと思っていたところもありましたが、現実に目を向けることができず希望を抱いていた僕は、ハッキリと宣告され、初めて大泣きをしました。絶望感しかありませんでした。

帰宅するためにリハビリに励んだ日々

自宅での日常生活復帰に向けて、リハビリが始まりました。浜松の病院では、ベッド上で関節の軽いストレッチをしてもらいました。兵庫でのリハビリは、午前と午後に分かれ、理学療法と作業療法での訓練が行われました。

理学療法では、寝たきりの状態から車いすに座ったり、ベッドの頭を起こして座る体勢がとれるように訓練しました。普通の人から見たら、車いすに座ったり、ベッドの上で上体を起こしたりすることなんて簡単だと思うかもしれません。しかし、僕の場合は、四か月間寝たきりで首を動かすことがなかったので、首の筋肉がなくなり、首の座らない赤ん坊のように首が倒れてしまい、自分の力で戻すことができなくなっていたのです。

それと同時に、上体を起こすと血圧が低下してしまうので、すぐに立ちくらみ状態となり、上体を起こし続けることができませんでした。だから、リハビリルームへ車いすで移動するのも最初は一苦労でした。車いすに乗ってだれかに押して連れていってもらえばいいという簡単な話ではなく、立ちくらみ状態を繰り返しながら休憩をしつつ移動しなければなりませんでした。

少しずつ慣らすことも、訓練でした。だから、毎回連れていってくださる看護師も大変でした。普通に移動したら二、三分で着くところが十分かかることもありました。

リハビリルームに着くと、広いマットの上に移動し、寝ころんだ状態から上半身を起こしてもらい、顔を前に向けて頭を起こした状態で支えてもらい、そこから理学療法士の先生が手を離すので、僕は頭が倒れないように首に力を入れ自力で頭を支えます。最初はすぐに倒れてしまいましたが、徐々に一秒二秒……十秒……一分と自力で支える時間が延びていきました。地味な作業ですが、すべてが小さいことの積み重ねでした。今は、首の筋肉もついてきましたが、たまに首が前に倒れた時に自力で戻せないこともあります。

次に、排痰《はいたん》の訓練をしました。人間は痰があっても、健康な人は胃に流れていきます。しかし、僕の場合は痰が肺に溜まったり喉につかえたりします。なので痰を出すことが必要なのですが、自分一人の力で吐き出すことができません。まず鼻から人工呼吸器の空気を三回分吸い、肺に溜めます。そして一気に咳《せき》をするように「ゴホッ」と痰を吐き出すのですが、その時に肺の下をだれかに両手で押してもらうという手助けが必要となります。それができない人は吸引器を使い、鼻や口から細い管を入れ、痰を取らなくてはいけません。吸引器で行うと、身体に管を入れるわけですから痛みで苦痛を生じます。

僕は上手く自分で排痰することができたので、吸引器を使うことはありません。

作業療法では、日常生活に必要なことを訓練しました。車いすからベッドへの移動をするためのリフトの操作、ベッド上での体位交換、ストレッチの仕方などを訓練しました。これは、僕の訓練というよりも母の訓練でした。自分の身体に合った車いすを作ったり、電動車いすを運転する練習もしました。顎でハンドルレバーを操作しました。自由に自分で行きたいところに操作できるのですが、日常生活で使うとなると障害物が多いため、電動車いすでの生活は無理だと判断し、普通の車いすとなりました。

そして、主に訓練したのが、パソコンの操作でした。マウスはトラックボールというものを使用し顎で操作するのですが、それだけでは、パソコンを操作することはできません。パソコン内に「マジックカーソル」というソフトをインストールし、マウスボタンの操作を画面上で行うシステムの導入が必要です。さらに、画面上にキーボードを表示させなければなりません。画面上のキーボードにトラックボールでカーソルを移動し、入力したい文字などの上に合わせます。そうすると、普通のキーボードと同じ操作ができます。パソコンをするにも首の力が必要だったので、最初はカーソルの位置が上手く定まりませんでした。文字を入力するのも、やはり手で入力するのとは勝手が違い、時間がかかるのでじれったくて、イライラすることもありました。顎をずっと動かしているので、首や肩にもかなりの疲労がたまります。

今は、パソコンの操作にも慣れましたが、当時は本当に大変でした。だけど、新しいことをするのは、楽しかったです。手足が動かなくても、パソコンを操作できるようになり、野球部の仲間の情報を得ることができ、野球の世界に触れることができて嬉しかったです。

そんな僕のリハビリ風景を紹介するために、地元紙の静岡新聞社の方が、わざわざ兵庫まで取材に来てくださいました。その時に掲載された記事を紹介します。

交通事故で障害　浜商の斎藤選手

甲子園目指す仲間にエール

「野球は命の一部」復帰かけリハビリ

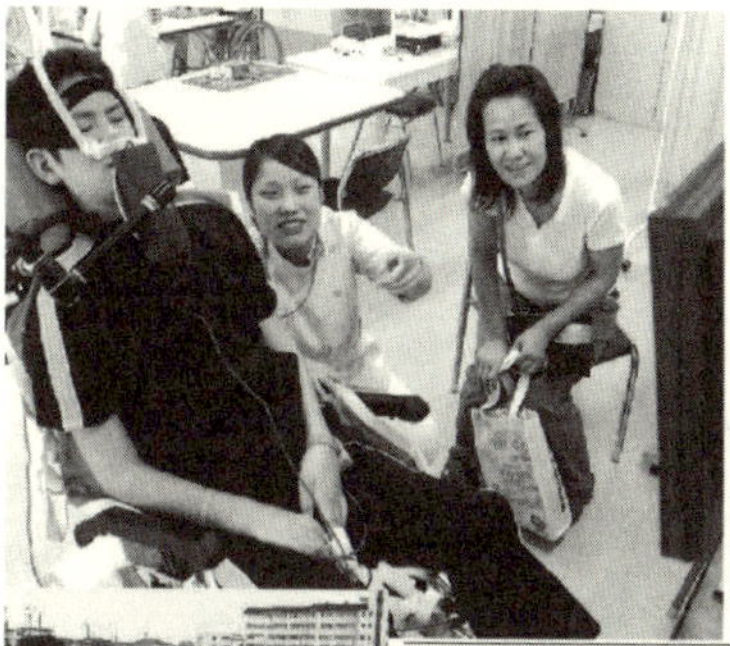

㊤リハビリに取り組む斎藤さん（左）＝兵庫県尼崎市の関西労災病院　㊦背番号「２」のユニホームとともに円陣を組む部員＝浜松市中区の浜松商業高

交通事故で重い障害を負った浜松商業高（浜松市中区）３年の野球部員斎藤諒さん（17）＝磐田市＝が「背番号２」の復帰をかけてリハビリに励みながら、甲子園を目指して静岡大会（７月11日開幕）に挑むチームメートに声援を送っている。

昨年10月、自転車で登校中に乗用車と衝突し頸椎（けいつい）を損傷し手足が動かなくなった。２月、入院先の県西部浜松医療センター（浜松市中区）から兵庫県尼崎市の関西労災病院にリハビリのため一時転院した。同病院は夢の甲子園に近かった。

小学４年生から野球一筋。強豪校の浜松商業高に入学後、昨年秋の大会では、念願のレギュラーに。春に向けて練習に精を出していた。

斎藤さんは人一倍大きな声を出してチームを盛り上げるムードメーカー。事故を知った部員は数日間、ショックで練習に身が入らなかった。２カ月後面会が許可されると、練習がない毎週月曜、５人ずつ見舞い、メッセージを収めたビデオレターや写真で励ました。斎藤さんは「強肩強打」「飛ばし屋」と目標が刻まれた２つのキーホルダーを部員に託した。チームは春の試合から、斎藤さんのユニホームを囲んで円陣を組む。

斎藤さんは両親や姉の介護でリハビリを続けている。「野球は命の一部。チームメートは宝。仲間と野球ができないのは悔しい。でも応援に行く。悔いなく笑って終われるように、頑張れ」と祈る。

斎藤さんは27日、静岡市で行われる全国高校野球選手権静岡大会の組み合わせ抽選会で杉浦主将とともに抽選に臨む。

静岡新聞　2009年６月23日付

僕のリハビリと同時に、自宅ではリフォームが行われました。我が家は三階建てで、玄関が二階、一階部分は駐車場、二、三階が住居部分でした。なので車いすの僕が生活するには、適していませんでした。

僕の部屋は三階で、そこをバリアフリーにし、部屋に上がれるように住宅用エレベーターを設置しました。最初の頃は、自宅のお風呂で家族に入浴させてもらっていたので、お風呂を広くし湯船に浸かれるようにリフトを付けました。大がかりなリフォームでしたが、急ピッチで建築業者の方が進めてくださいました。

リフォーム費用は千五百万円ほどかかったそうです。エレベーターを設置したことで、かなりの大金がかかり、最初は住宅ローンを組み、その後、事故の賠償金によって全額返済したそうです。

高校野球と栗山英樹さんとの出会い

二〇〇九年、入院中に迎えた高校三年生の夏の大会。野球はできないけど何かしたいと思っていた僕は、抽選会に参加したくなりました。そのために、退院を早めてもらいました。もちろん自分一人では、くじを引くことができないので、キャプテンと共に引きました。抽選会に参加できたのも、監督とコーチが高校野球連盟にかけ合ってくださったおかげです。その時に取材を受け、新聞で紹介されました。

兵庫の病院にいる時に、父が大阪の朝日放送の番組「熱闘甲子園」宛てに、交通事故により野球ができなくなった僕のことを手紙に書いて送りました。その手紙が、朝日放送の編成本部の方の目に留まり、僕は〝交通事故で野球の夢を断たれた球児〟ということで取材を受けました。

その時のキャスターが、長島三奈さんと、現在、日本ハムファイターズの監督である栗山英樹さんでした。当時は、まだ監督には就任されておらず、スポーツキャスターとして活躍されていました。

二〇〇九年夏、「熱闘甲子園」の取材を通じて、僕は栗山監督と出会いました。栗山監督は、僕の高校の試合の時に、浜松球場や浜松商業高校のグラウンドまで取材に来てくださいました。栗山監督は、野球に対する情熱がすごい人で、大学からヤクルトスワローズへ、ドラフトではなくテスト生として球団の入団テストを受け、見事合格されました。また、小中高の教員免許を持っておられ、まさに文武両道で努力の人です。さらに、メニエール病という病気にかかりながらも、何事にも一生懸命で妥協しない姿勢、監督として優勝や良い成績を残されても、決して高ぶることのない謙虚な姿勢は素晴らしく、僕は心から尊敬しています。

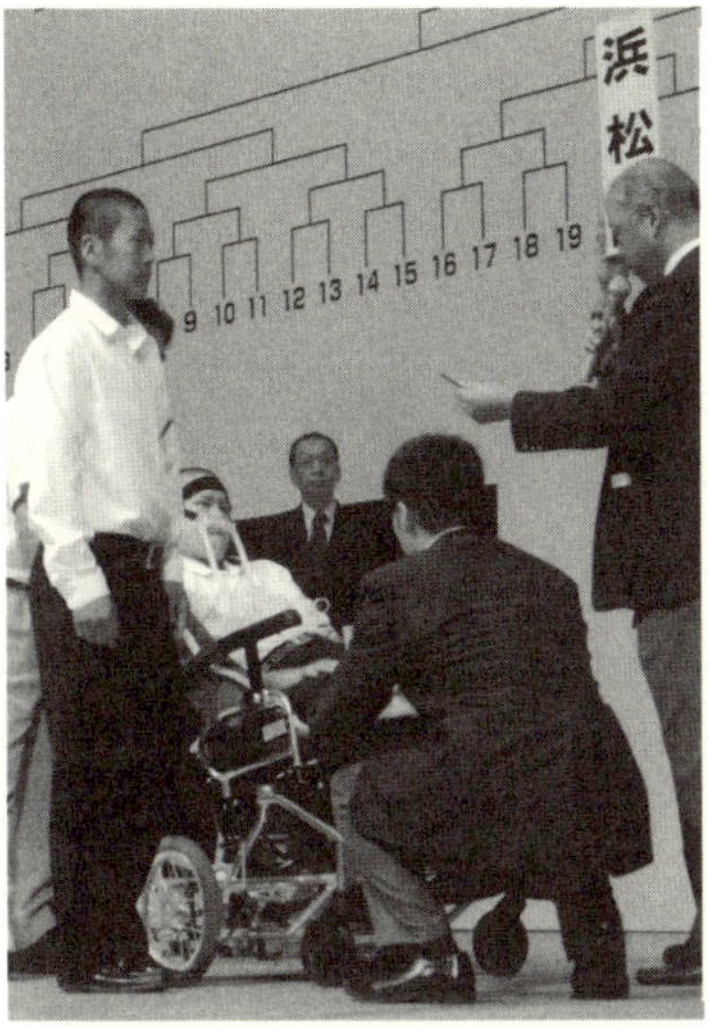

第91回
全国高校野球
選手権大会
静岡大会
主催／朝日新聞社・県高野連

7月11日開幕

第91回全国高校野球選手権静岡大会（朝日新聞社、県高校野球連盟主催）の組み合わせ抽選会が27日、静岡市葵区の静岡市民文化会館で開かれ、参加119校の対戦組み合わせと試合日程が決まった。開会式は7月11日午後1時から草薙球場であり、その後、浜松西－静岡北で開幕する。県内10球場で試合が行われ、決勝は28日。8月8日から15日間、阪神甲子園球場で開かれる全国大会の切符を巡り、各校が頂点を目指す。

事故でリハビリ中の浜松商・斉藤選手
主将とともに抽選会参加

交通事故で重傷を負った浜松商3年の斉藤諒選手が抽選会に参加し、杉浦貴拓主将と一緒にくじを引いた＝写真。

斉藤選手は昨年10月、自転車で登校中に乗用車と衝突して頸椎《けいつい》を損傷、手足が動かなくなった。今年2月から兵庫県尼崎市の病院でリハビリを続けていたが、今月24日に浜松に戻ってきた。最後となる夏の大会は出場できないが、本人の強い要望で抽選会への参加が実現した。

第5シード浜松商の名前がアナウンスされると、車いすの斉藤選手が杉浦主将とともに壇上の真ん中に現れた。捕手だった斉藤選手は「左、左」と杉浦主将に指示しながら、2人で一緒のくじを引き上げた。会場から拍手が送られた。

斉藤選手が入院している間は、3年生の野球部員が中心となって試合のDVDを送ったり、練習での出来事をメールしたりして連絡を取り合っていた。復帰をかけてリハビリに励んでいる斉藤選手は「この場に来られてうれしい。とにかくみんなには楽しんで試合をしてほしい」。杉浦主将は「僕らは全員野球。試合当日は斉藤が着ていた背番号2のユニホームをベンチに掲げて一緒に戦う」と話した。

朝日新聞　2009年６月28日付
※本書掲載のため、レイアウトを一部改変しています

現在も、栗山監督とは手紙を通じて親交を深めています。いつも僕を思いやり、応援してくださり、ご著書『伝える。言葉より強い武器はない』（ＫＫベストセラーズ）では、僕のことを紹介してくださいました。

僕が憧れる方のお一人です。今一人は、清原和博さんでした。

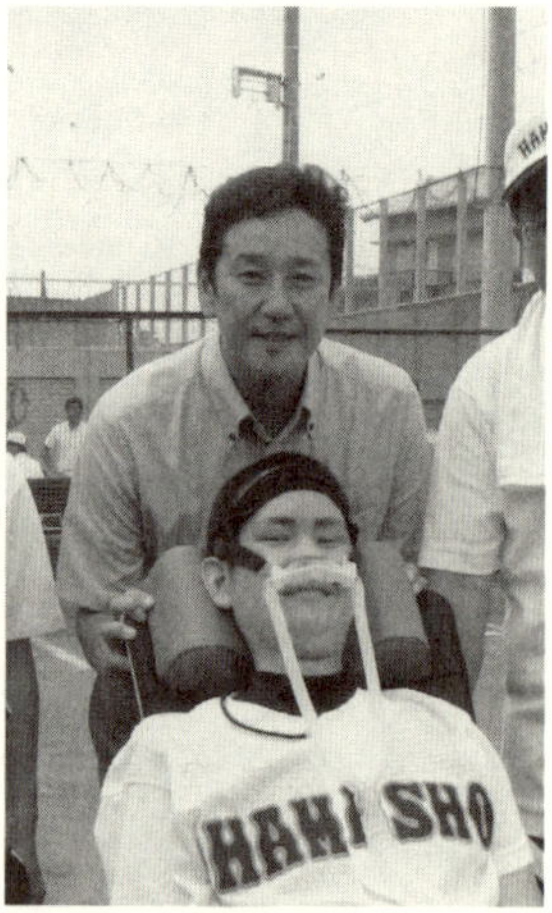

栗山監督と

病院を退院する前に外出訓練というのがあり、自分の行きたい所へ外出させてもらえることになりました。もちろん、医師と看護師が付き添ってですが。

高校球児だった僕が、静岡から転院した兵庫の病院は、甲子園球場の近くにあり、シーズン中は阪神の応援が聞こえてくるほどでした。「甲子園に行きたい！」と思いましたが、簡単に見学できる場所でもありません。でも、幸いにも朝日放送の方とお知り合いになれたことで、その思いを相談したら、甲子園球場に許可を取ってくださったのです！　普通ならスタンドとベンチまでしか入ることができないのですが、特別にグラウンドにまで入れていただけました。甲子園のグラウンドを見た瞬間、野球ができない悔しさで涙があふれてきました。

「ユニホームを着て自分の足で来たかった」と思いました。

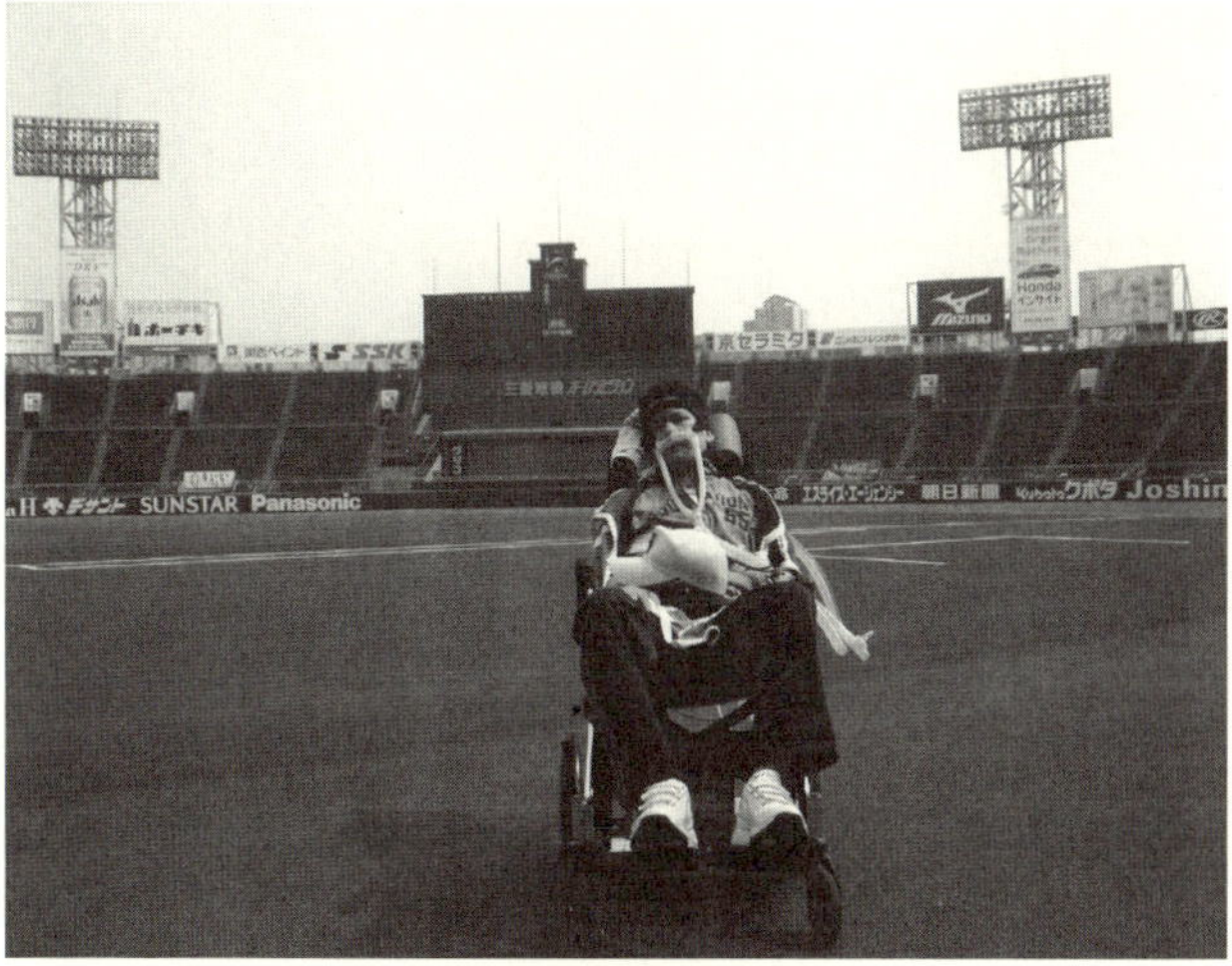

甲子園球場にて

聖書との出合い

事故から五か月経った二〇〇九年四月四日。僕はクリスチャンである野球部の先輩を通して『聖書』と出合いました。つらくて死にたい絶望的な僕の人生に、光が差し込んだ日となりました。

『聖書』を教えてくれた野球部の先輩は、二〇〇八年七月に最後の夏の大会前、練習中、右肘にバットが当たり、ボールを投げられなくなるほどの怪我を負いました。しかし、不思議と翌日には右肘の腫れもひき、いつもどおりにボールを投げていました。その時は「不思議だな」くらいにしか思っていませんでしたが、僕は事故に遭う前に、その先輩の上に癒しの奇跡を見ていたのです。事故直後に、お見舞いに来た先輩は、聖書の言葉が書かれている本を持ってきてくれました。その時、「練習中に肘を怪我したけど、この本を読んで祈ったら次の日にはもう治っていた！」という話を聞いて、僕は実際に自分が「不思議だな」と見ていた場面を思い出しました。その後、僕は兵庫の病院に転院しました。

そんな先輩が、二〇〇九年四月四日に、お母さんとお姉さん、そして、見ず知らずの牧師さんと二人の娘さんと共に、兵庫の病院までお見舞いに来てくれました。その日は、ちょうど父も病院に来ており、僕は父、母、姉と共に、初めて牧師さんから聖書に書かれている癒しの話を聞きました。

マルコによる福音書5章25節～34節

さてここに、十二年間《ねんかん》も長血《ながち》をわずらっている女《おんな》がいた。多《おお》くの医者《いしゃ》にかかって、さんざん苦《くる》しめられ、その持《も》ち物《もの》をみな費《ついや》してしまったが、なんのかいもないばかりか、かえってますます悪《わる》くなる一方《いっぽう》であった。この女《おんな》がイエスのことを聞《き》いて、群衆《ぐんしゅう》の中《なか》にまぎれ込《こ》み、うしろから、み衣《ころも》にさわった。それは、せめて、み衣《ころも》にでもさわれば、なおしていただけるだろうと、思《おも》っていたからである。すると、血《ち》の元《もと》がすぐにかわき、女《おんな》は病気《びょうき》がなおったことを、その身《み》に感《かん》じた。イエスはすぐ、自分《じぶん》の内《うち》から力《ちから》が出《で》て行《い》ったことに気《き》づかれて、群衆《ぐんしゅう》の中《なか》で振《ふ》り向《む》き、「わたしの着物《きもの》にさわったのはだれか」と言《い》われた。そこで弟子《でし》たちが言《い》った、「ごらんのとおり、群衆《ぐんしゅう》があなたに押《お》し迫《せま》っていますのに、だれがさわったかと、おっしゃるのですか」。しかし、イエスはさわった者《もの》を見《み》つけようとして、見《み》まわしておられた。その女《おんな》は自分《じぶん》の身《み》に起《おこ》ったことを知《し》って、恐《おそ》れおののきながら進《すす》み出《で》て、みまえにひれ伏《ふ》して、すべてありのままを申《もう》し上《あ》げた。イエスはその女《おんな》に言《い》われた、「娘《むすめ》よ、あなたの信仰《しんこう》があなたを救《すく》ったのです。安心《あんしん》して行《い》きなさい。すっかりなおって、達者《たっしゃ》でいなさい」。

使徒行伝20章7節~12節

週《しゅう》の初《はじ》めの日《ひ》に、わたしたちがパンをさくために集《あつ》まった時《とき》、パウロは翌日《よくじつ》出発《しゅっぱつ》することにしていたので、しきりに人々《ひとびと》と語《かた》り合《あ》い、夜中《よなか》まで語《かた》りつづけた。わたしたちが集《あつ》まっていた屋上《おくじょう》の間《ま》には、あかりがたくさんともしてあった。ユテコという若者《わかもの》が窓《まど》に腰《こし》をかけていたところ、パウロの話《はなし》がながながと続《つづ》くので、ひどく眠《ねむ》けがさしてきて、とうとうぐっすり寝入《ねい》ってしまい、三階《かい》から下《した》に落《お》ちた。抱《だ》き起《おこ》してみたら、もう死《し》んでいた。そこでパウロは降《お》りてきて、若者《わかもの》の上《うえ》に身《み》をかがめ、彼《かれ》を抱《だ》きあげて、「騒《さわ》ぐことはない。まだ命《いのち》がある」と言《い》った。そして、また上《あ》がって行《い》って、パンをさいて食《た》べてから、明《あ》けがたまで長《なが》いあいだ人々《ひとびと》と語《かた》り合《あ》って、ついに出発《しゅっぱつ》した。人々《ひとびと》は生《い》きかえった若者《わかもの》を連《つ》れかえり、ひとかたならず慰《なぐさ》められた。

そして牧師さんは、自身が難病から癒された話と、この聖書の話のような体験をした人のことを話してくださいました。また、加害者に対する憎しみを抱いていた僕たち家族に対して、この世には目に見えない無数の悪霊がいることと、その悪霊が人間を翻弄して、病気や事故、けんかを引き起こしたり、人を恨んだり批判したり、殺したくなるような思いを持ってくるのだと話してくださいました。さらに、聖書であかしされているイエス・キリストは、その悪霊に唯一勝利されている真の神なのだと教えてくださいました。

マルコによる福音書1章21節〜27節

それから、彼《かれ》らはカペナウムに行《い》った。そして安息日《あんそくにち》にすぐ、イエスは会堂《かいどう》にはいって教《おし》えられた。人々《ひとびと》は、その教《おしえ》に驚《おどろ》いた。律法学者《りっぽうがくしゃ》たちのようにではなく、権威《けんい》ある者《もの》のように、教《おしえ》えられたからである。ちょうどその時《とき》、けがれた霊《れい》につかれた者《もの》が会堂《かいどう》にいて、叫《さけ》んで言《い》った、「ナザレのイエスよ、あなたはわたしたちとなんの係《かか》わりがあるのです。わたしたちを滅《ほろ》ぼしにこられたのですか。あなたがどなたであるか、わかっています。神《かみ》の聖者《せいじゃ》です」。イエスはこれをしかって、「黙《だま》れ、この人《ひと》から出《で》て行《い》け」と言《い》われた。するとけがれた霊《れい》は彼《かれ》をひきつけさせ、大声《おおごえ》をあげて、その人《ひと》から出《で》て行《い》った。人々《ひとびと》はみな驚《おどろ》きのあまり、互《たがい》に論《ろん》じて言《い》った、「これは、いったい何《なに》事《ごと》か。権威《けんい》ある新《あたら》しい教《おしえ》だ。けがれた霊《れい》にさえ命《めい》じられると、彼《かれ》らは従《したが》うのだ」。

牧師さんは続けて、「加害者を許すことは、生身の人間にできることではありませんね。ましてや、諒君にそれを求めるなんて酷な話です。でも、人を憎んだまま生きるのも苦しいですよね。たとえ、相手が死んだとしても、憎しみは消えません。聖書は、悪霊の存在をはっきりと教えています。自分の身に降りかかる嫌なことは、すべて悪霊の仕業なのです。罪を憎んで人を憎まずという言葉がありますが、まさにそのとおりで、憎むべき相手がいるとするならば、それは人ではありません。加害者に悪霊が入って事故に遭わせたのだから、加害者を許し、悪霊を憎むのです。そして、許すだけではなく、悪霊と戦って、今の自分の苦しみから解放され、癒しを受け取ることもできます。それが、イエス・キリストによってできると聖書は教えています」と話してくださいました。

今まで聞いてきた宗教や神々の話とは全く違う感覚で、人の話で泣いたことのない自分が、自然と泣いていました。

「イエス様を信じて癒しを受けるのか、それともその数珠に頼っていくのか、あなたは、どちらを選ぶ？　神は、あなたにその選択をする意志を与えておられるけど……」という牧師さんの言葉に僕は即答し、今まで手足についていたさまざまな宗教の数珠を外してもらいました。父が、病室に飾ってあったお札の数々もはがして捨てました。そして、病室にいた父、母、姉と共にイエス・キリストと、助け主と言われる聖霊を受け入れる祈りをし、加害者を許すと言葉で告白して、癒しの祈りを受けました。僕は、まだ呼吸器を喉から鼻に替えたばかりで、発声のリハビリ中だったためスムーズに発声することが難しかったのですが、不思議と祈りの言葉はスムーズに声に出して言うことができました。
イエス様を受け入れ、すぐに神の力が働いた瞬間でした。だれでもイエス・キリストを受け入れ、今まで犯してきた罪を悔い改めることで、その罪から離れ、新しい者に生まれ変わり、新しく歩き出せることも知りました。自分は生きていてもしょうがないという思いがすっかり消え去り、必ずもう一度立ち上がる！という強い思いが生まれました。

マルコによる福音書16章15節~18節
そして彼《かれ》らに言《い》われた、「全世界《ぜんせかい》に出《で》て行《い》って、すべての造《つく》られたものに福音《ふくいん》を宣《の》べ伝《つた》えよ。信《しん》じてバプテスマを受《う》ける者《もの》は救《すく》われる。しかし、不信仰《ふしんこう》の者《もの》は罪《つみ》に定《さだ》められる。信《しん》じる者《もの》には、このようなしるしが伴《ともな》う。すなわち、彼《かれ》らはわたしの名《な》で悪霊《あくれい》を追《お》い出《だ》し、新《あたら》しい言葉《ことば》を語《かた》り、へびをつかむであろう。また、毒《どく》を飲《の》んでも、決《けっ》して害《がい》を受《う》けない。病人《びょうにん》に手《て》をおけば、いやされる」。

牧師さんを通して、初めていただいた聖書の言葉（みことば）でした。

奇跡体験

二〇〇九年四月四日にイエス様を受け入れてからの数々の奇跡。すべてが、イエス様から僕へのプレゼントでした。

二〇〇九年六月二十四日、兵庫の病院を退院し自宅へ帰ることができました。予定よりも一か月早い退院となりました。

高校生活最後の夏の大会の抽選会に参加したくて、担当の医師に相談していました。最初は医師から「車いすや自宅介護のために必要な準備がちょっと無理かな」と言われていましたが、僕が退院するために必要なすべてのことが調えられ、希望どおり退院することができました。退院を早めるために、医師や看護師、リハビリの先生、家のリフォームや車いすやベッドなどの福祉用具の準備業者に、イエス様が働きかけてくださった奇跡だと思いました。

自宅へは、母と姉、担当の医師と看護師が付き添い、兵庫から新幹線で帰ってきました。一言で〝新幹線で〟と言っても、どの新幹線でも乗車できるわけではありません。車いすでも乗車可能な新幹線を探し、事前に予約をしました。

当日乗車する時は、切符を受け取る場所や改札口、新幹線の乗降口もすべてが一般の方とは違いました。父は、母の住まいの荷物などを車に積み、取材に来ていた朝日放送の方と車で自宅へ戻りました。平日にもかかわらず、浜松の新幹線のホームでは、野球部のお母さん方が僕たちを迎えてくれました。そこからは、介護タクシーで自宅まで帰りました。八か月ぶりの自宅、自分の部屋、家族との食事、家族みんなで過ごす時間のすべてが入院中、夢にまで見たものでした。言葉では言い尽くせない喜びと感謝で、家族一同平安に包まれました。

二〇〇九年八月九日、初めて聖書勉強会に参加しました。二〇一一年七月三日には、祖母もイエス様を受け入れ共に聖書を学ぶようになりました。

二〇〇九年九月からは、少しずつ学校へも通うようになりました。もちろん、両親と一緒にですが。授業も母が隣に付いて教科書をめくってくれました。久しぶりの学校で、休み時間になると他のクラスからも顔を見に来てくれ、本当に友人たちと再会できたことが嬉しかったです。でも常に隣には親がいて、授業を受けている時は、先生が僕に気を配ってくださるので、かえって恥ずかしくて、もやもやした気持ちでした。

学校へ通うのと同時に、お尻に床ずれができはじめました。最初はそんなにひどくはなかったのですが、だんだんと傷の部分が大きくなりはじめました。

母が知人の看護師に相談すると、老人介護施設が併設された浜松市の北斗わかば病院を紹介してくださいました。僕はそこに一か月ほど入院し、床ずれの治療を受けることになりました。入院中は、床ずれの治療とともに、「床ずれは清潔にすることと入浴で温めることが大切である」といった生活指導が行われました。また、入院中は、床ずれの治療だけではなく、身体のストレッチ等のリハビリも専門の療法士に行っていただきました。さらにこの病院には、〝訪問入浴サービス〟や〝訪問リハビリ〟のシステムがあることを教えていただいたのです。

実は退院後は、入浴は両親が自宅の風呂に入れてくれて、ストレッチは父親がしてくれていました。両方共に、とても労力のかかる仕事です。床ずれになったことがきっかけで、僕や家族に必要な訪問サービスの存在を知ることになりました。この時の縁で、現在は週二回のストレッチと、週三回の入浴ができています。

訪問入浴サービス〝アサヒサンクリーン〟のスタッフの方たちは、丁寧に身体や髪を洗ってくださいます。とても気持ちがよく、入浴中も会話が弾み、今では僕の楽しみの一つになっています。両親も、このサービスのおかげで、ずいぶんと負担が軽減されました。

床ずれの部分は、深い傷になっていて回復するのに時間がかかりましたが、以前、兵庫の病院にまで来てくださった牧師さんがお見舞いに来て、癒しの祈りをしてくださいました。すると状態は、一気に回復し、無事に退院することができました。兵庫から自宅に戻った後、二度目に体験したイエス様の奇跡でした。

振り返ると、床ずれを引き起こして大変でしたが、入院を通して

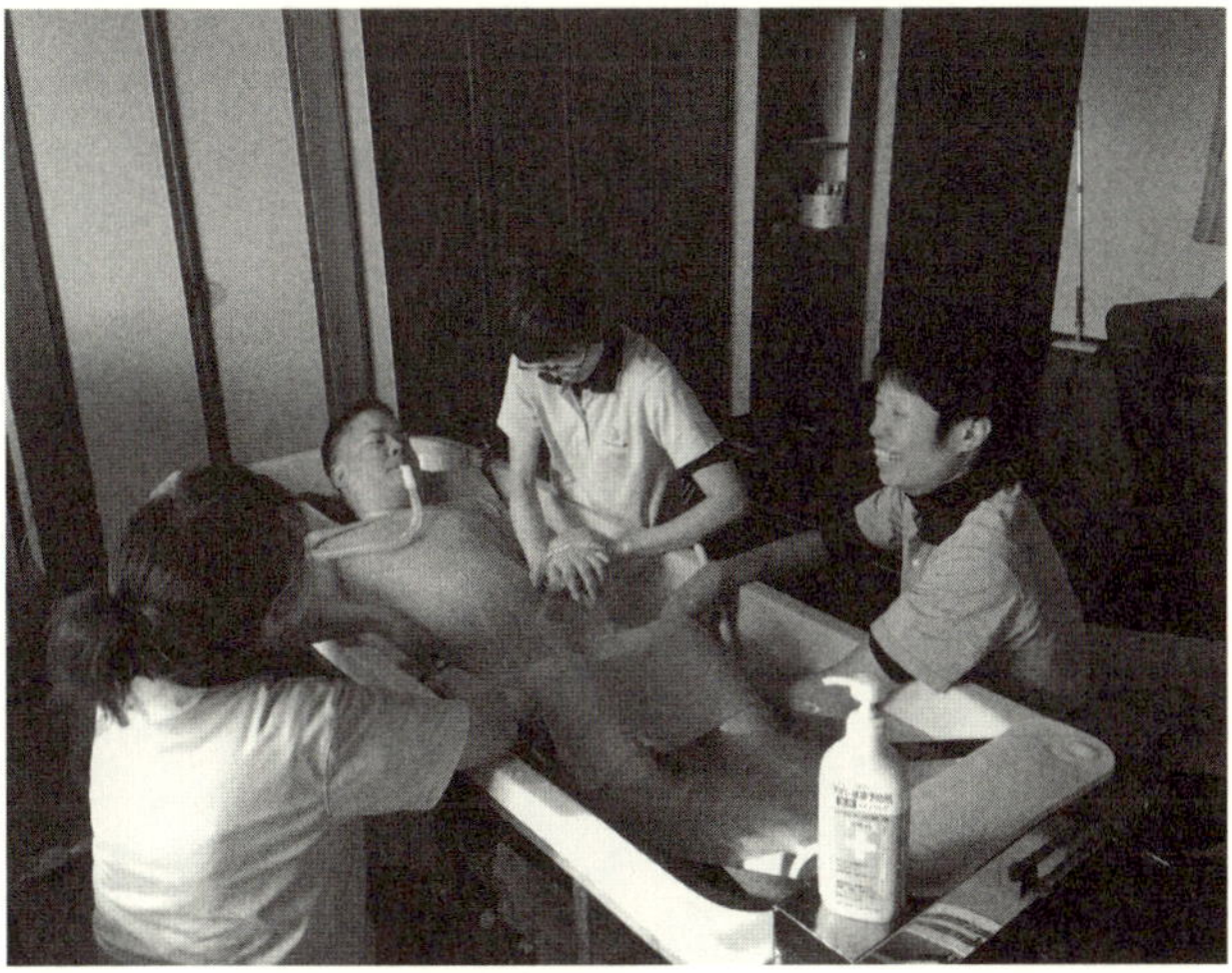

訪問入浴サービス

訪問サービスの存在を知ることができたり、先輩と同じように僕も床ずれの癒しを体験することができ、助け主聖霊はこんなふうに導いてくれるのか、神はこうやって働いてくださるのかと分かり、どんなことも益にしてくださるイエス様の力のすごさを実感しました。

二〇一〇年三月一日、高校の卒業式が行われました。やはり、出席日数も足りず、一教科単位が足りないため、卒業することはできませんでした。留年して来年卒業することもできると校長先生から言われましたが、なかなか学校へ通うこと自体、家族に負担がかかり大変なことで、後輩と勉強をすることに対しても気が向かず、学校を中退することにしました。

しかし学校側の計らいで、卒業式にはクラスメートと共に出席させてくださったのです。卒業式の後、校長室に呼ばれました。特別に、校長先生、教頭先生、ＰＴＡ役員の方々が僕のための卒業式をしてくださいました。在籍証書ですが、卒業証書のカバーに入れてくださり、校長先生が読み授与してくださいました。とても嬉しかったです。卒業証書をもらったのと同じくらい嬉しかったです。皆さんの前で「必ずもう一度自分の足で立ち上がり復活します！」と宣言したことを、今でもよく覚えています。

高校中退後、母は、現代社会という教科だけが単位を取れていないことで、高卒の資格が無い僕のことをずっと気にしていて、高卒認定試験について、僕のような身体でも受験することができるのか、イエス様に祈り求めながら、調べていました。

文部科学省事務局のほうにも問い合わせをしたそうです。すると、文部科学省でも便宜を図ってくださり、二〇一〇年八月に高卒認定試験を受けることができました。

試験では僕のために個室が用意され試験官が二名付き、一人は問題を見せてくだくさり、一人は僕が口で言った解答を書いてくださいました。ここまで至れり尽くせり、イエス様が備えてくださったのだと思いました。現代社会という教科は、高校三年生で習う科目でした。僕は入院していたため、一回くらいしか授業を受けていませんでした。なので受験に向けては、過去問題集などで勉強をしました。受験をしてみたら一発で合格することができました。三度目のイエス様の力を実感した時でした。

高校の卒業式の日に、「必ずもう一度自分の足で立ち上がり復活します!」と宣言していた僕ですが、それは自分の足で立ち上がることだけを意味しているのではありませんでした。クラスメートと共に卒業式をした自分、いただいた皆さんの愛の証書に相応しい自分となるためにも、イエス様は高卒の資格を取らせてくださったのです。高卒認定資格を取得したことで、あの日の卒業式は、疑似卒業式ではなく現実の卒業式となりました。

自分の足で立ち上がって、将来に向け大学進学への道を切り開いた僕は、五年経った今、大学卒業に向け、この書籍を書いています。そんな自分へと変えてくださったイエス様に、いつも助けてくださる聖霊に、感謝しかありません。

NASVA

以前、兵庫の病院で僕と同じように四肢麻痺で人工呼吸器を付けている方から、NASVA（ナスバ）を紹介していただきました。

NASVAの正式名称は、独立行政法人自動車事故対策機構です。「守る」＝（安全な車選び）、「防ぐ」＝（事故の防止）、「支える」＝（被害者の支援）をスローガンとし自動車事故の発生防止及びその被害者への援護を主な目的とした、国土交通省所管の独立行政法人です。交通事故により脊髄《せきずい》、脳損傷があり、後遺障がい等級によって介護料に違いがあります。等級は次のように分類されます。

《特Ⅰ種（最重度）》　介護料　68,440円～136,880円
（脊髄損傷の場合）
自力移動が不可能である
自力摂食が不可能である
屎尿失禁状態にある
人工介添呼吸が必要な状態である

《Ⅰ種（常時要介護）》　介護料　58,570円～108,000円
神経系統の機能又は精神に著しい障害を残し、常に介護を要するもの
胸腹部臓器の機能に著しい障害を残し、常に介護を要するもの

《Ⅱ種（随時要介護）》　介護料　29,290円～54,000円
神経系統の機能又は精神に著しい障害を残し、随時介護を要するもの

胸腹部臓器の機能に著しい障害を残し、随時介護を要するもの

僕自身は、《特I種（最重度）》となります。

介護用品や福祉用具、介護サービス（訪問入浴・訪問看護・ホームヘルプなど）を自己負担した額に応じて、受給資格の範囲内で支給されます。NASVAの存在も兵庫の病院で耳にすることがなければ、今でも知らずにいたかもしれません。母も最初教えていただいた時には、あまり気にも留めていなかったそうです。だから自宅に戻っても、すぐには手続きをしなかったそうです。

そんな母が、二〇一一年七月二十八日～三十一日の三泊四日で、聖書勉強グループ「ぶどうの木」の仲間と、韓国へ行くことになりました。韓国に行ってみたい！　と思う反面、僕のことを考えるとなかなか踏ん切りがつきませんでした。

母は、僕を預ける施設を探しました。市の福祉課に相談すると、そこでNAS

VAのことを紹介され、以前に聞いていたことを思い出しました。NASVAでは、短期入院、短期入所費用助成制度というのがあります。治療や養護のための入院もそうですが、介護を行う家族等が一時的に介護から解放され、休息を取るためや、介護者が病気の場合や、急な用事の時のためにある制度です。

NASVAと提携した病院、施設（僕の場合は聖隷三方原病院）を紹介してくださり、費用（一日上限一万円）も助成してくださいます。

兵庫の病院から自宅へ帰ってきた頃は、僕の介護をする上で、母は心配で一時も目が離せないという気持ちでいました。だから、僕を長時間家族に任せ出掛けるということができませんでした。しかし、NASVAのおかげで、安心して病院に預けることができ、韓国だけではなく、その後、聖書の舞台を知るために、祖母と共に五泊八日のトルコ旅行にも行くことができました。母は自分の時間が持てたことで、心身ともにリフレッシュでき大変喜んでいました。

また、NASVAの交流会の中で、吹奏楽団のミニコンサートが行われたのですが、その吹奏楽団が磐田市民文化会館でコンサートをされるということで、招待状と三人分のチケットをいただきました。

最初は両親と僕の三人で行くのかと思っていました。すると共に聖書を学んでいる女性が、「もしまだチケットが必要でしたらありますよ！」と、声をかけてくれました。偶然ではなく、彼女の勤めている印刷会社が、そのコンサートのポスターやチケットを制作し協賛していた関係で、二枚のチケットが職場に与えられていたそうです。彼女から一枚チケットをもらったことで、コンサートには祖母も一緒に行くことができ、同じことを共有し、楽しむことができました。

一つ屋根の下に住んでいる家族であっても、皆がバラバラの生活を送っているのが当たり前のような世の中です。家族が一つとなり、同じ話題で、喜び合うことが少なくなってきました。以前の僕たち家族も、そうでした。しかし今は、世界のベストセラーであり真実の愛を教えてくれる『聖書』を家族全員で学び始めたことにより、心が一つになりました。同じ聖書勉強会に集う女性から、祖母用にとチケットを与えられたこともすべてイエス様からの愛で、僕たち家族が、ふだんなかなか体験できないコンサートを、共に楽しみ、感動することができるようにと与えてくださったのだと、あたたかい気持ちになりました。

僕たち家族が、費用の面でも、精神的な面でも、労力的な面でも、どれほどNASVAによって助けられているか分かりません。もしかしたら、こういう制度があることを知らないでいる方たちもいらっしゃるかもしれません。交通事故が原因ではない障がい者の方たちには、どのような補助制度があるのか分かりませんが、いずれにせよ障がい者のいる家庭は、生活していく上での様々な面において、困っていることは確かです。我が家も、共働きだった両親が僕の介護のために母が仕事を辞めたため、収入は減っています。

今の世の中、二〇二〇年に行われる東京オリンピックや自国防衛の武器を備えるためにどれほどのお金をかけるのか！　もっともっと、今！　お金を必要としている日本人はたくさんいます。東日本大震災、熊本震災、他にも災害によって復旧しなくてはいけない所はたくさんあります。貧富の差も広がるばかりです。もっと国民に寄り添った、きめこまやかな、お金の使い方をしていただきたいです。

僕の生活

障がい者となり生活する上で、不便に思うことはたくさんあります。

以前、ＮＡＳＶＡの交流会で皆さんもおっしゃっていましたが、特に外出することが大変です。

女性はお化粧をしたり、服装に迷ったり、そういうことに時間をかけたりすると思います。

僕は外出をするために、衣服の着脱に時間がかかります。洋服もなるべく身体に服の跡が付かないような、ストレッチがきいた衣服やワンサイズ大きいものを着ています。普段の生活でも、洋服のシワが皮膚を圧迫し、血流が悪くなると床ずれができることがあります。皆さんは「それくらいで?」と思うかもしれません。でも、それほど人間の皮膚は、デリケートなのです。だから、オシャレにこだわるよりも服の素材を気にします。

車いすに乗るのも二人がかりで乗せてもらいます。外出するにも、僕は、身長が百八十センチ近くあり、ワゴン車でもロングタイプでなければ、車いすごと乗り降りすることができません。

交通事故で、加害者の自動車保険が失効中だったため、賠償金が出ませんでした。だけど、幸いにも僕の親が、それを賄える自動車保険に入っていたので、そこから賠償金が支払われ、僕に合った車を購入することができました。

僕は、車も与えられ、父親が大型免許を持っているので、毎週聖書勉強会に出掛けていくことができます。恵まれた環境であることは、本当にイエス様に感謝です。

しかし、世の中には、大変な家庭もたくさんあります。車を購入できなかったり、家族が車の免許を持っていなかったり、車いす用の車が無ければ、介護タクシーを利用しなければなりません。家族が年老いていたり、病気を抱えていたりするとなおさら外出は厳しくなります。とにかく、お金も時間も人手も労力もかかることなのです。

外食するのも、皆さんは「何が

我が家の車

食べたい？　あのお店オシャレだから行ってみようか」で相談すると思います。しかし、僕たちは「どこなら車いすで行けるか」から入ります。今は、バリアフリー化されている所も増えてきましたが、店に入れたとしても場所が狭かったりすると「周りの邪魔になって、迷惑をかけてしまうのではないか？」と思い煩ったりすることもあります。

以前、百貨店に買い物に出かけた時には、ちょうどセールの時期で混雑していたのですが、人混みでの移動は大変なことでした。エレベーターも一階と最上階から乗る時はまだ良いのですが、途中階から乗る時は満員で何度も待ったことがあります。もちろん譲ってくださる方もいらっしゃいますが、そういった方ばかりではありません。車いすで移動している時も、階段だけでスロープやエレベーターが無い場所もあります。遠回りしないといけないこともあります。いろいろな障害があることで、行きたくてもあきらめざるを得ないこともあります。

泊まりで旅行にいった時にも、不便なことはたくさんあります。ホテルも普段生活しているようにはいきません。ベッドも一般用ですし、何泊かしたいと思っても入浴ができません。荷物も増えて大変です。自宅では訪問入浴サービスを利用していますが、旅先でも、そういうサービスがあると嬉しいなと思います。

自宅への訪問入浴サービスは、全国どこにでもあると思います。そのサービスを旅先の宿泊施設でも利用できたり、普通の人たちが入浴施設へ行く感覚で、病院や老人介護施設での入浴サービスを障がい者も受けられるようになるといいなと思います。

現在、僕が利用している訪問入浴サービスは、一回一万三千五百円です。国からの補助が出るのが週二回と決まっています。僕は週三回利用しているので、一回分は自費となります。入浴には、ヘルパー二名と看護師一名の訪問で、設備等を考えると「そのくらいかかるのもしょうがないかな」とも思います。夏場は毎日入りたいです。でも自己負担が大きいので、サービスを気軽に利用できません。そういう面でも、国は考えていただけたらと思います。僕たちのような障がい者やお年寄りは、入浴がどれほど楽しみで、身体も心も癒されるかを知って欲しいです。

人工呼吸器を二十四時間装着しているので、電源の問題もあります。使用する人工呼吸器は、普段はコンセントに差して使用します。外出時は、バッテリーでも使用できます。しかし、バッテリーには限界があります。もし、災害などが起こって停電になった場合のために、我が家には発電機が用意してあります。以前、台風で停電し困った時に消防署で貸していただきました。その後、発電機を購入しました。僕の場合、人工呼吸器もそうですが、介護用ベッドやエアマットも電気が無いと動かないので緊急事態です。取りあえずは、発電機で対応しますが、あまり長引く時は、病院へ入院します。我が家の車には、移動中でも充電できるように、コンセントを装備してあります。以前、野球観戦に行った時に、車いすスペースにコンセントがある球場と無い球場がありました。バッテリーにも限度があるので、外出時間を気にしなくてはいけません。とにかく僕のような障がい者が外出するのは、容易ではありません。でも、ここまで装備が整っていることも、本当に有り難く、感謝です。

世の中には、五体満足な身体を持っていても、仕事や学校に行かず、家族以外とはほとんど交流できず「引きこもり」の人たちがいます。いじめやコミュニケーションのすれ違いが原因だそうですね。障がい者になる前は、いじめを経験したことがなく、引きこもってしまう人の気持ちは、正直分かりませんでした。しかし、交通事故で車いす生活になった時、外出することが億劫《おっくう》になり引きこもりかけた時期がありました。車いすだけではなく、顔にも呼吸器を付けているため人からジロジロ見られ、小さな子供は、一緒にいる家族に何かを言っていたりして、特別な目で見られることがすごく嫌でした。

だけど、何かを恐れて陰に隠れていては、何も変わりません。自分の世界にだけ閉じこもっていないで、新しい一歩を踏み出すことに決めました。自分の中の何かを変えることで、人生は大きく変わっていきます。もっともっと、まだ行ったことのない所へ出掛けていきたいと思います。いろいろなものを見て、いろいろなことを感じたいです。

未来に向けて　～大学での学び～

高校の卒業資格も取得し、ここから何をしようかと思った時に、さらに学びたいと思うようになりました。しかし、大学へ進学しようとは思ったものの、現在のような四肢麻痺の状態では大学に通学することもできません。通信制といっても教科書を開いたり、課題をするのにも人の助けが必要になります。在学中に何度かは、大学に通わなくてはいけません。僕にとっては、大きな壁でした。僕が大学への道をあきらめかけていた時に、イエス様は完全インターネット制の大学「サイバー大学」があることを知らせてくださいました。

サイバー大学は、インターネット環境さえあれば、パソコンでもスマートフォンでもタブレットでも、好きな時間に、好きな場所で、途中からでも、普段の生活の中のちょっとした合間に何度でも講義を受けることができるのです。科目に応じて、授業コンテンツ（講義）を視聴します。授業はただ一方的に聞くのではなく、講義の最後には理解度をはかる小テストやレポートがあります。分からないことを掲示板に書き込むと、原則として二十四時間以内（休日除く）に先生か、TA（ティーチングアシスタント）という補助教員から回答が来ます。また、掲示板というところで自分の意見を書き込み、ディベート形式（賛否に分かれ討論する場）の授業を行ったりします。「この大学なら通学不要だし、自分ひとりの力で学ぶことができる！」

喜びが満ちあふれた瞬間でした。

二〇一二年四月、大学に入学し、勉強が始まりました。最初は意欲的に受講していましたが、いつの間にか勉強が苦手だった以前の自分に戻り、嫌々授業を受けるようになってしまいました。前期試験が終わり成績が出ました。ほとんどの単位が取れていませんでした。授業も全部落とさず聞いていたし、テストの手応えもそんなに悪くないと思っていたのに「なんでこれしかとれないんだ⁉」と思い、余計にやる気をなくしてしまいました。

そんな時、牧師さんから「大学の勉強はどう?」と聞かれ、単位が取れなかったことを報告しました。その時の僕には、サイバー大学を与えられた時の喜びはなく、怠惰な気持ちしかありませんでした。すると牧師さんから、「嫌々やってる?」と本心を見抜かれました。今、身体の動かない僕に、「完全に癒され立ち上がった時のために、大学の勉強をしておこう!」と思いを入れてくださったのは、イエス様であったにもかかわらず、以前の自分に戻り、「面倒くさい……勉強なんて嫌だ」と、最初の感謝や喜びを忘れ、怠惰な者になっていたことを僕はイエス様に悔い改めました。

テサロニケ人への第一の手紙5章16節～18節

いつも喜《よろこ》んでいなさい。絶《た》えず祈《いの》りなさい。すべての事《こと》について、感謝《かんしゃ》しなさい。これが、キリスト・イエスにあって、神《かみ》があなたがたに求《もと》めておられることである。

気持ちを入れ替え、いつも感謝して勉強と向き合う自分になったことで、順調に単位を取得することができました。この五年間、講義をインターネットで受講し、聞き逃しても何度も聞くことができたため、僕のような障がい者でも困ったことはありませんでした。

僕は、小学四年生から野球ばかりの生活でした。事故に遭うことがなければ大学でも野球をやっていたと思います。野球漬けの毎日でしたので勉強は二の次、というよりも必要ないくらいに思っていました。成績といったら後ろから数えたほうが早かったです。だから大学へ行くにも、大学でこんなことを学びたいとかそういうことではなく、今の自分でも入れる大学で野球をやり、田舎暮らしの僕は、都会に住みたいと甘い考えしかありませんでした。今の世の中、高校や大学に進学するのにスポーツで推薦されることもあります。僕自身も高校へは野球推薦で入学しました。

もし、僕が事故に遭わずに人生を送っていたら、ただの〝野球バカ〟で将来どうなっていたか分かりません。

日本人は、九年間の義務教育を与えられ、高校、大学とさらに学ぶ場が与えられています。決して無駄ではなく、人生に必要な学びを与えられています。しかし、当時の自分は勉強の必要性など分からずにいました。今は、大学での学びを通して、一人の大人として知識（学問）を身に付けることがどれだけ大切であるのかを悟りました。頭しか動かないことも、今となっては恵みであり、とにかく頭を使って考える時間が与えられているのだと思います。自分の好きなことだけでなく、世間一般のことや、社会情勢を知る必要もありますし、何においても関心や興味を持つようになりました。何でもバランスよく食べれば、バランスの取れた身体になるのと同じように、いろいろな知識を身に付ければ物事を正しく理解し判断でき、どんなハンディキャップを背負っていても、人生の難題を解決して歩むことができるのだと思っています。

箴言24章5節
知恵《ちえ》ある者《もの》は強《つよ》い人《ひと》よりも強《つよ》く、知識《ちしき》ある人《ひと》は力《ちから》ある人《ひと》よりも強《つよ》い。

箴言3章13節〜20節（リビングバイブルより）
良《よ》いことと悪《わる》いことの区別《くべつ》がつき、物事《ものごと》を正《ただ》しく判断《はんだん》できる人《ひと》は、大金持《おおがねも》ちよりもしあわせです。高価《こうか》な宝石《ほうせき》であれ何《なん》であれ、このような知恵《ちえ》に比《くら》べたら問題《もんだい》にもなりません。知恵《ちえ》が与《あた》えるものは、充実《じゅうじつ》した人生《じんせい》、財産《ざいさん》、名誉《めいよ》、楽《たの》しみ、平安《へいあん》です。知恵《ちえ》はいのちの木《き》、いつもその実《み》を食《た》べる人《ひと》はしあわせです。神様《かみさま》の知恵《ちえ》によって地球《ちきゅう》は造《つく》られ、宇宙《うちゅう》は完全《かんぜん》にでき上《あ》がりました。神様《かみさま》の知恵《ちえ》によって、泉《いずみ》は地中《ちちゅう》深《ふか》くからわき上《あ》がり、空《そら》は雨《あめ》を降《ふ》らせます。

箴言3章21節～26節（リビングバイブルより）

二つのものを求《もと》めなさい。善悪《ぜんあく》を見分《みわ》けて実行《じっこう》する知恵《ちえ》と良識《りょうしき》です。この二つを見失《みうしな》ってはいけません。知恵《ちえ》と良識《りょうしき》を持《も》つことはたいへんな名誉《めいよ》です。そればかりか、生《い》きる力《ちから》が与《あた》えられ、失敗《しっぱい》をしたり、道《みち》を誤《あやま》ったりすることもなくなります。この二つのものが見張《みは》ってくれるので、安心《あんしん》して眠《ねむ》れます。また、神様《かみさま》がそばで守《まも》ってくださるので、みじめな思《おも》いをすることも、悪人《あくにん》の悪《わる》だくみを恐《おそ》れることもありません。

選　挙

十六歳で障がい者となり現在二十五歳ですが、選挙権がありながら今まで行ったことがありませんでした。僕の地区では、投票場所に階段を上がらなければ行けなかったり、期日前投票も平日に外出するには、人手が足りないということもあり、選挙に行くこともありませんでした。選挙にも興味がありませんでした。

二〇一六年七月十日は、参議院議員選挙の投票日でした。この選挙から、選挙権が二十歳から十八歳以上に引き下げられました。そういうこともあり、成人である自分がもっと世の中のことに関心を持つべきだと思いました。

県内の若者に「投票に行きますか？」と聞いたところ、五十人中三十二人が

「行く」、十二人が「行かない」、六人が「分からない」という結果が出たという報道を見ました。「せっかくの権利だから！　権利を得たのだから自分たちの声を届けたい！」という人もいれば「政治はよく分からないし、何を基準に選んでいいのか分からない」と不安に思う人もいるようです。でも、きっとそれぞれ生活の中で困っていることや、気になっていることはあるはずです。就職のこと、戦争のこと、税金のこと、福祉のこと。自分たちが生活する中で、改善して欲しいことはたくさんあると思います。僕自身も障がい者ということで、福祉のことなどは、特に気になります。

最近のニュースでは、「私利私欲のために政治家になったのか？」と疑いたくなるような議員の姿が見せられたり、国会中継を見ていても居眠りしている議員がいたりして、呆《あき》れて、投票することが馬鹿馬鹿しく思われることもありますが、だからといって選挙に行かないのは違うと考えるようになりました。

箴言15章9節
悪《あ》しき者《もの》の道《みち》は主《しゅ》に憎《にく》まれ、正義《せいぎ》を求《もと》める者《もの》は彼《かれ》に愛《あい》せられる。

たった一票ですが、大切な一票です。実際、僕自身も「どうせ、選挙に行っても何も変わらない。今の政治家は何をしてるか分からない」と思っていました。国民がどれほど政治に関心があるのか分かりませんが、せっかく与えられた権利です。自国の未来、自分の生活、社会に対してしっかりと向き合い選挙に参加することに決めました。

そこで、自宅でも投票できるように「不在者投票」の手続きをしました。

1　郵便等投票証明書の交付申請をします
2　郵便等投票証明書が郵送にて届きます
3　投票用紙を請求します

4　投票用紙が郵送にて届きます
5　投票用紙に記入し送付します

自分では記載できないので母が代理人として登録しました。
政治においても聖書が土台である国に生まれ変わることを祈ります。

加害者との和解

どんな事件や事故、問題にも加害者と被害者がいます。

僕の事故に関して言うと、病気もすることなく野球でボールを追いかけまわしていた自分がまさか交通事故の被害者となり、一瞬にして身体が動かなくなることなど予想もしていませんでした。加害者の方も、仕事に向かう道中でまさか事故を起こすことなど考えてもいなかったでしょう。

今回は僕の家族が被害者の立場となったわけですが、だれもがどちらの立場にもなる可能性があります。

聖書と出合う前の父は、車の運転が好きで、どちらかというとスピード狂でした。自分で車の運転が上手いと過信しているところもあったので、一歩間違えたら加害者の立場となっていてもおかしくありませんでした。今は、僕が事故に遭ったことで「息子と同じ思いをさせてはいけない」と思うようになり、車を運転する時には十分に気を付けるようになりました。もちろん家族皆が気を付けるようになりました。

事故当初は、どれほど加害者家族を恨んでいたか分かりません。「俺をこんな身体にしやがって！」……言葉では表現できない悔しさ、憎しみの思いでいっぱいでした。それと同時に「生きる気力」さえも失われていきました。

朝、いつものように家を出て、いつものように帰宅する。当たり前のことだと思っていた日常が一瞬にして一転してしまう。決して当然のことではないのだと痛感しました。

家族が病院に駆けつけた時には、検査や処置に時間がかかり、僕にも会えず詳しい事故状況が分からないままだったので、「腕か足でも骨折したのだろう。せっかく、野球でもレギュラーになってこれからだったのに馬鹿だな！」ぐらいにしか思っていなかったそうです。

早朝に病院に運ばれ、家族が状況を把握できたのが昼過ぎでした。医師に呼ばれ診断結果を聞かされた時、母は取り乱し、大声で泣き叫んだそうです。廊下では加害者親子が待っていました。それを見て、姉は「諒の人生を返せ！　元どおりにしろ！　お前らも一生同じ苦しみを負わせてやる！」と、食って掛かっていきました。姉には、加害者に復讐《ふくしゅう》する思いしかなかったそうです。

入院中も加害者親子は見舞いに来ていたのですが、僕の父から「見舞いなんか来なくていい！　見舞いに来る暇があるなら働いて賠償金でも持ってこい！」と言われていたので、本人や父親の代わりに、加害者の祖父がお見舞いに来ていました。母は病室に泊まり込んでいましたが、会おうとはせず、見舞いの菓子もそのままゴミ箱に捨てていたそうです。父も見舞金として加害者の父親が毎月持ってきてくれたお金を「こんな金どぶにでも捨ててやれ！　すぐにでも使ってやる！」と、ギャンブルであっという間に使ってしまっていたそうです。とにかく当時は加害者親子に対して恨みと憎しみしかなかったので、加害者が誠心誠意してくれたことに対しての感謝など全くありませんでした。

病院の入院費用を支払うにあたり、加害者本人が自動車保険の保険料を延滞していたため、事故に対しての賠償金が、保険会社から支払われないことを知りました。両親は今後の病院費用と、僕が一生生活していくためのお金を、どうしていけば良いのか途方にくれてしまったのと同時に、「息子をこんな身体にしてしまった上に、自動車保険もないなんて！」と、怒りがこみ上げるばかりでした。幸いにも、父が知人に相談をすると、自分たちが加入していた保険で賄ってもらえることが分かり、両親も少し安心できたそうです。

そんな僕たちが加害者を許すことができたのは、『聖書』と出合ったからでした。

僕の交通事故に対して、どこかで家族皆が、今までの人生の中で大なり小なり犯してきた罪によって、〝バチがあたった〟のでは、と自分たちを責める思いがありました。しかし、聖書を学んでいく中で、僕たちは真の神から離れて、偽の神々に仕えていたが故に、バチと言われる悪霊の攻撃を受けていただけだったのだと知りました。そして、真の神を信じることで、今まで犯してきた罪は許され、三、四代に及ぶ先祖の祟りや血筋にある問題も、御子イエス・キリストによって断ち切り解決できることを学びました。そこに真の神の愛があるのです。

出エジプト記20章3節～6節

あなたはわたしのほかに、なにものをも神《かみ》としてはならない。あなたは自分《じぶん》のために、刻《きざ》んだ像《ぞう》を造《つく》ってはならない。上《うえ》は天《てん》にあるもの、下《した》は地《ち》にあるもの、また地《ち》の下《した》の水《みず》のなかにあるものの、どんな形《かたち》をも造《つく》ってはならない。

それにひれ伏《ふ》してはならない。それに仕《つか》えてはならない。あなたの神《かみ》、主《しゅ》であるわたしは、ねたむ神《かみ》であるから、わたしを憎《にく》むものには、父《ちち》の罪《つみ》を子《こ》に報《むく》いて、三、四代《だい》に及《およ》ぼし、わたしを愛《あい》し、わたしの戒《いまし》めを守《まも》るものには、恵《めぐ》みを施《ほどこ》して、千代《だい》に至《いた》るであろう。

ヨハネの第一の手紙4章8節b～10節

神《かみ》は愛《あい》である。神《かみ》はそのひとり子《ご》を世《よ》につかわし、彼《かれ》によってわたしたちを生《い》きるようにして下《くだ》さった。それによって、わたしたちに対《たい》する神《かみ》の愛《あい》が明《あき》らかにされたのである。わたしたちが神《かみ》を愛《あい》したのではなく、神《かみ》がわたしたちを愛《あい》して下《くだ》さって、わたしたちの罪《つみ》のためにあがないの供《そな》え物《もの》として、御《み》子《こ》をおつかわしになった。ここに愛《あい》がある。

ヨハネの第一の手紙3章8節c

神《かみ》の子《こ》が現《あらわ》れたのは、悪魔《あくま》のわざを滅《ほろ》ぼしてしまうためである。

僕たちは聖書を知り、聖書の言葉や賛美歌によって苦悩から解放され元気をいただきました。心が平安になり、今まで被害者側からでしか物事を考えられなかった自分たちが、周りに目を向ける心の余裕が生まれたことで内面から変えられていきました。加害者家族も事故を起こしてしまい、これからどうしていいのか路頭に迷う日々を過ごしているだろう、加害者家族にも事故の苦悩から解放されて欲しいと思えるようになりました。そして僕たちは、「聖書を学びませんか？」と、加害者である二十代の男性とその父親を、聖書勉強会に誘いました。

加害者も苦悩の中にいたのでしょう。髪の毛がなくなっていました。二人は、僕たちと同じように、牧師さんから聖書に書かれている悪霊の存在や、癒しの話、イエス様が加害者家族もあわれんで救おうとされているのだと聞き、イエス・キリストを受け入れ、暗闇でしかなかった世界から救われました。そこから共に毎週聖書を学ぶ中で、僕たち被害者へのつぐないのためではなく、自分のために聖書を学ぶように変えられていきました。

事故直後、加害者の父親は賠償金を払うために、自分が死んで生命保険金で償おうとまで思っていたそうです。しかし、聖書の教えを知ったことで苦悩から解放され、職場においても祝福されました。身体を使う仕事で体力的に厳しく、転職するか悩んでいた加害者の父親を、僕の父が自分の職場の運転業務の仕事に誘い、就職させました。被害者と加害者の父親同士が同じ職場で働くという、普通では考えられない奇跡が起きたのです。今では周囲の人に、自分が体験した和解の力と、聖書を通して学んだことを喜んで伝えています。

聖書から、自分の罪も許されたのだから、相手の罪も許さなくてはならないという「無条件の許し」について学んだ母は、事故の賠償金の裁判に対して、「事故の裁判を一刻も早く終わらせたい！　人を罪に定め、訴え続けるのは違うし、したくない！」という思いになりました。また、「その裁判のために息子や自分たち家族が、どんなに不幸でつらい思いをしているのかを、書類に書いて証言することもしたくない！」という思いが湧き起こり、早く裁判を終わらせて欲しいと弁護士に頼んだそうです。弁護士からは、「もっとお金が取れるのに、そんなことを言うなんて頭がおかしいんじゃないか！」と言われたそうですが、僕たち家族は、聖書の教えに従いました。

もう一つ、母には気になっていたことがありました。それは、加害者のお祖父《じい》さんのことでした。高齢のため、長時間座る聖書の勉強会には来たことがなく、事故の時から会わぬままでした。僕が入院中、お見舞いに来てくださったのに、会うことを拒み、お祖父さんが持ってきてくださった菓子も、すぐに捨てていたことがずっと母の心の中に引っかかったままでした。しかし、イエス様はそんな母にお祖父さんとの和解の機会を与えてくださいました。その日のことを母は手記として残しました。

二〇一四年四月二十八日
今週の聖書勉強会で、ずっと気になっていた方と和解することができました。
相手は、息子の交通事故の加害者のおじい様（Kさん）でした。

二〇〇八年十月に息子が交通事故に遭いました。
事故当初、Kさんが孫の起こしてしまったことに悲観し、息子の入院先の病院に「孫のしてしまったことを許して欲しい」と何回かお見舞いにみえました。当時の私は〝謝罪してもらっても許せるわけない！　顔も見たくない！〟と、会うことを拒絶し、看護師に追い返してもらっていました。お菓子をもらっても開けることなく、そのままゴミ箱に捨てていました。

その後、私はイエス・キリストを受け入れて救われ、聖霊をいただきクリスチャンとなりました。そして、「無条件で人を許すこと」を教えていただきました。救われる前の私が犯してきた罪は、イエス様がすべて背負って十字架にかかってくださったことで許されているのだということを知りました。私はこの真理によって、人生の中で背負ってきたすべての重荷から解放されました。イエス様に罪が許された自分が、他者を裁くことなんてできません。私は、自分も許されたのだから、どんな相手も無条件で許すことを教えていただきました。

私が絶対に許せなかった相手は加害者でしたが、イエス様の教えであるみことばに意志を向けて従っていくことで、いつの間にか加害者を許せている自分へと変えられていきました。加害者を許すことで、加害者親子もイエス様を受け入れて救われ、今は一緒に聖書を学ぶ仲間となりました。

しかし、私はKさんのことがずっと心に引っかかっていました。事故当初、Kさんに対してとった私の態度・行いを謝りたいと思っていました。普通は、被害者の家族である私が加害者の家族に謝罪するなんて考えられないことだと思います。しかし、聖霊をいただいた私は、内面が変えられ自分の清さのためにも謝りたいとずっと思っていました。そして、その機会をイエス様は与えてくださいました。

今週の聖書勉強会に加害者の父親Hさんが、Kさんを連れてきてくださいました。Kさんは八十九歳になります。Hさんが私たち家族を紹介してくださいました。Kさんは、目もあまりよく見えず、耳も聞こえにくい状態でした。しかし、「息子が事故を起こした齊藤さん家族だよ」と、HさんがKさんに伝えた瞬間、Kさんは目に涙をため「申し訳ありません」と何度も謝罪してきました。救われる前の私たちと同じように加害者の祖父として、ずっと重荷を背負っていました。そんなKさんに対して、ようやく私は神の御前で謝罪をすることができました。交通事故もお孫さんが悪いわけではなく、たまたま被害者・加害者という立場に立たされているだけで、すべては悪霊の仕業だということも伝えました。もしかしたら被害者・加害者の立場が逆だったかもしれないことも伝えました。最後に改めて私がKさんの手を握り「あの時はごめんなさい。Kさんも重荷を降ろして、ここから元気になって長生きしてください」と謝ると、「もったいない」と涙を流しておられました。

交通事故によってそれぞれの家庭にあった重荷が、イエス様の十字架の和解により取り除かれ、解放されたことを感謝します。

嬉しいことに、Kさんは謝罪からの和解により、イエス様を受け入れ、聖霊を受けて救われました。私が「私の後に続いてイエス様を受け入れる祈りをしませんか?」と尋ねた時には、「目も悪いし耳も聞こえないし、言われたこともすぐ忘れてしまう」とおっしゃいましたが、「大丈夫ですよ! イエス様を受け入れたら癒されますよ」と伝えると、「やってみます!」と元気な声で応えてくださいました。救いの祈りも八十九歳とは思えないほど、はっきりと言葉に出して言うことができました。こうしてKさんも私たち〝ぶどうの木〟(聖書勉強会の名前)の仲間となりました。

エペソ人への手紙2章13節〜16節

ところが、あなたがたは、このように以前《いぜん》は遠《とお》く離《はな》れていたが、今《いま》ではキリスト・イエスにあって、キリストの血《ち》によって近《ちか》いものとなったのである。キリストはわたしたちの平和《へいわ》であって、二つのものを一つにし、敵意《てきい》という隔《へだ》ての中垣《なかがき》を取《と》り除《のぞ》き、ご自分《じぶん》の肉《にく》によって、数々《かずかず》の規定《きてい》から成《な》っている戒《いまし》めの律法《りっぽう》を廃棄《はいき》したのである。それは、彼《かれ》にあって、二つのものをひとりの新《あたら》しい人《ひと》に造《つく》りかえて平和《へいわ》をきたらせ、十字架《じゅうじか》によって、二つのものを一つのからだとして神《かみ》と和解《わかい》させ、敵意《てきい》を十字架《じゅうじか》にかけて滅《ほろ》ぼしてしまったのである。

(傍線は引用者)

二つのものを一つにし、敵意という隔ての中垣を取り除きとありますが、被害者、加害者の二つの家族の間にあった敵意という隔ての中垣を取り除き、和解させてくださいました。事故から六年半が経ち、イエス・キリストを受け入れ六年目を迎えたこの時に、この世では考えられない家族の和解ができました。本当にイエス様でなければできないことを、まだイエス様を知らないたくさんの方に知っていただきたいです。

ローマ人への手紙11章34節~36節

「だれが、主《しゅ》の心《こころ》を知《し》っていたか。だれが、主《しゅ》の計画《けいかく》にあずかったか。また、だれが、まず主《しゅ》に与《あた》えて、その報《むく》いを受《う》けるであろうか」。万物《ばんぶつ》は、神《かみ》からいで、神《かみ》によって成《な》り、神《かみ》に帰《き》するのである。栄光《えいこう》がとこしえに神《かみ》にあるように、アァメン。

加害者家族と、私たち被害者家族の真の和解ができたことを感謝します。すべての栄光をイエス様に帰します。　アーメン

Hさんは、Kさんを被害者家族の前に連れていくなんてかわいそうだと思っていました。一緒に生活していると突然泣き出すことがあったKさんのことをかかりつけの医師に話すと、「過去のことは思い出させないようにしてあげてください」と言われていたため、余計に酷なことだと思っていました。しかし、僕たちは、Kさんが必ず重荷を降ろして解放されるから連れてきてあげてほしいと話をしました。すぐに、Hさんは「分かりました、来週必ず連れてきます」と決心しました。そして、HさんはKさんと聖書勉強会に出席するにあたって以下の聖書のみことばをいただいたそうです。

イザヤ書41章10節

恐《おそ》れてはならない、わたしはあなたと共《とも》にいる。驚《おどろ》いてはならない、わたしはあなたの神《かみ》である。わたしはあなたを強《つよ》くし、あなたを助《たす》け、わが勝利《しょうり》の右《みぎ》の手《て》をもって、あなたをささえる。

イザヤ書41章13節

あなたの神《かみ》、主《しゅ》なるわたしはあなたの右《みぎ》の手《て》をとってあなたに言《い》う、「恐《おそ》れてはならない、わたしはあなたを助《たす》ける」。

詩篇55篇22節

あなたの荷《に》を主《しゅ》にゆだねよ。主《しゅ》はあなたをささえられる。主《しゅ》は正《ただ》しい人《ひと》の動《うご》かされるのを決《けっ》してゆるされない。

詩篇119篇130節
み言葉《ことば》が開《ひら》けると光《ひかり》を放《はな》って、無学《むがく》な者《もの》に知恵《ちえ》を与《あた》えます。

箴言3章5節~6節
心《こころ》をつくして主《しゅ》に信頼《しんらい》せよ、自分《じぶん》の知識《ちしき》にたよってはならない。すべての道《みち》で主《しゅ》を認《みと》めよ、そうすれば、主《しゅ》はあなたの道《みち》をまっすぐにされる。

さらに聖書勉強会前日には、牧師さんを通してエペソ人への手紙2章からみことばをいただき、「アーメン」と喜んで聖書勉強会に出席することができたそうです。

エペソ人への手紙2章10節
わたしたちは神《かみ》の作品《さくひん》であって、良《よ》い行《おこな》いをするように、キリスト・イエスにあって造《つく》られたのである。神《かみ》は、わたしたちが、良《よ》い行《おこな》いをして日《ひ》を過《す》ごすようにと、あらかじめ備《そな》えて下《くだ》さったのである。

エペソ人への手紙2章14節〜16節

キリストはわたしたちの平和《へいわ》であって、二つのものを一つにし、敵意《てきい》という隔《へだ》ての中垣《なかがき》を取《と》り除《のぞ》き、ご自分《じぶん》の肉《にく》によって、数々《かずかず》の規定《きてい》から成《な》っている戒《いまし》めの律法《りっぽう》を廃棄《はいき》したのである。それは、彼《かれ》にあって、二つのものをひとりの新《あたら》しい人《ひと》に造《つく》りかえて平和《へいわ》をきたらせ、十字架《じゅうじか》によって、二つのものを一つのからだとして神《かみ》と和解《わかい》させ、敵意《てきい》を十字架《じゅうじか》にかけて滅《ほろ》ぼしてしまったのである。

エペソ人への手紙2章18節

というのは、彼《かれ》によって、わたしたち両方《りょうほう》の者《もの》が一つの御霊《みたま》の中《なか》にあって、父《ちち》のみもとに近《ちか》づくことができるからである。

そして、Kさんは被害者家族との和解によって長年の重荷を降ろすことができたのです。

聖書勉強会後、Hさんは次のように報告してくれました。

「諒君の家族と、皆さんのおかげで父親も救われ、自分の思い煩いも晴れて、心から感謝しています。許し愛し祝福することの凄さがよく分かりました。父親は『背中にあった重荷が取れたような感じがする』と大変喜んでいました。自分もそうです。イエス様に感謝します。この勝利、栄光は、すべてイエス様に帰します。ここからは何事もイエス様と共に、喜んで信仰していきます」

イエス様は、KさんとHさんの心の重荷と願いをご存じでした。被害者家族に会わせるなんて、世間一般的には酷なこと、いじめのようなことだと言われるかもしれません。しかし、何がその人にとって善なのか、心を平安にすることなのかは、神のみが知っていることであり、その声に聞き従うことによって神のやり方を体験することができるのだと改めて実感しました。神の和解の力が働いた場は、本当に愛で満たされていました。

人間は皆、自分でも分からないほどに悪霊に翻弄されて生きていますし、〝これが自分だ〟と思い込まされています。それが重荷となっています。だからこそ、自分を捉えてきた悪霊から解放されることが、本当の平安な人生の始まりなのだと思いました。

マタイによる福音書11章25節～30節

そのときイエスは声《こえ》をあげて言《い》われた、「(中略) すべて重荷《おもに》を負《お》うて苦労《くろう》している者《もの》は、わたしのもとにきなさい。あなたがたを休《やす》ませてあげよう。わたしは柔和《にゅうわ》で心《こころ》のへりくだった者《もの》であるから、わたしのくびきを負《お》うて、わたしに学《まな》びなさい。そうすれば、あなたがたの魂《たましい》に休《やす》みが与《あた》えられるであろう。わたしのくびきは負《お》いやすく、わたしの荷《に》は軽《かる》いからである」。

僕たちは聖書を知らなかったら、今も加害者を憎み将来に不安を抱きながら生活していたと思います。生きる気力さえ失っていたでしょう。世の中では、介護苦のために心中をしてしまう状況も珍しくありません。

以前、僕と同じように、静岡県内のＮＡＳＶＡで、介護料を受給されている方たちの交流会に家族で参加したことがあります。そこで意見交換をする中で、単独事故によって障がいを負った方もいましたが、ほとんどが相手があっての被害者でした。

皆さんが加害者に対して恨みを抱き将来に不安を抱えていました。それは当たり前のことだと思います。しかし、僕たちは彼らを前に、聖書の学びによって加害者と和解をし、今では一緒に聖書を学んでいると話をしました。皆さん、一様にビックリされていました。でも、ビックリすることを起こせるのが聖書であり、神の力なのです！　「許す」ということが、人間が生きていく上でどれだけ重要であるのかを、僕は自分の体験をもって伝えていきたいと思いました。

国境を越えての和解

加害者と被害者という立場は、個人対個人だけでなく、家族対家族、国対国にも言えることです。

今の時代、日本においては韓国との関係（従軍慰安婦など歴史認識の違い）がいつまでたってもスッキリと和解に至りません。

僕の父は、聖書を共に学ぶ仲間と、二〇一五年十二月三十一日～二〇一六年一月二日の二泊三日で韓国へ行ってきました。父は初めての韓国旅行で、ソウルタワーに行き、垢《あか》すりマッサージを経験し、「ナンタ」を観劇したりと韓国旅行を満喫してきました。

そんな中で、西大門刑務所や日本国大使館前の従軍慰安婦像なども見てきたそうです。西大門刑務所は、日本の植民地支配時代、日本軍が韓国の民主化を先導した人たちを捕えて、拷問した刑務所だそうです。蠟《ろう》人形によって、日本軍が韓国人に対して拷問をしている様子や牢獄《ろうごく》での様子が展示してあったそうです。従軍慰安婦のこともそうですが、そういう話は初めて耳にすることであり、日本がそんなひどいことをしてきたとは、知りませんでした。僕の両親でさえも知らなかったそうです。こういった展示があることを知らない人が多いと思います。しかしながら、韓国では、日本がしてきたことを学生時代に教科書で学ぶそうです。だから、僕と同じような年代の若者も日本を恨み、デモを起こすのだと分かりました。何も知らない僕は、そういった展示や教育をされていることを聞かされるまでは「何で、あんな若者がデモまでするんだろう?」と不思議に思っていました。もっと世の中のことを知らなければいけないとも思いました。

日韓だけでなく、日米間においては、アメリカが日本に原爆を落とし、日本が被害者でアメリカが加害者となります（真珠湾攻撃においては逆ですけれども）。そういった事実をあげると、韓国に対しては加害者になった日本も、「ひどい国だ！　許せない！」と、アメリカに対して被害者意識を持つでしょう。人間の感情なんてそんなものだと思います。

だけど時代は変わり、当時のことを何も知らない僕たちが、憎み合って生き続けることが何をもたらすのでしょう。憎み合って戦争を繰り返すことのないように、お互いのことをよく知り和解することが必要です。

それは、僕たちが交通事故の加害者と和解ができたことと同じです。確かに、個人対個人と国対国では規模が違います。しかし、和解をするには、ただただ「許す」ことです。そして、お互いのことを知ることです。話をすることです。

加害者として、してきたことは、素直に「ごめんなさい」をすることです。そして被害者は、謝罪をしてきた相手を受け入れることです。そんな、一つ一つの小さな行いが積み重なれば、本当の和解ができると信じています。

コリント人への第一の手紙1章10節

さて兄弟《きょうだい》たちよ。わたしたちの主《しゅ》イエス・キリストの名《な》によって、あなたがたに勧《すす》める。みな語《かた》ることを一つにし、お互《たがい》の間《あいだ》に分争《ぶんそう》がないようにし、同《おな》じ心《こころ》、同《おな》じ思《おも》いになって、堅《かた》く結《むす》び合《あ》っていてほしい。

命の大切さ

自分の「命」について考えたことがありますか？

僕は今、呼吸をすることも自分ではできないので、人工呼吸器なしでは生きていけません。

ある日、僕は呼吸器のマスクのベルトが外れ、酸素が充分に身体に運ばれない状態になりました。自分ではどうすることもできず、苦しくて苦しくてどうしようもありませんでした。「苦しい……イエス様、助けてください!!」そう祈っていました。

その時、近くに家族はいませんでした。しかし、入浴中の母は何だか胸騒ぎがしたそうです。入浴の途中に僕のところに飛んできました。イエス様が知らせてくれたのだと思いました。人工呼吸器が外れ、気付かれることもなく、そのまま窒息死してしまう事故も少なくありません。だから僕にとって、生きていること、息ができること、すべてが当たり前ではないのです。

皆さんにも、命の使い方、自分の人生をどう生きるかよく考えていただきたいです。普通の人は、自分で呼吸をし、自分で手足を動かし、それが当たり前となり、何か悩みがあったり気に入らないことがあるだけで、簡単に命を失ってしまいます。健常者であっても自殺を考える世の中ですから、「自分の生きる意味が分からない」という思いを抱いてる人は大勢いるでしょう。だからこそ、僕は伝えたいです。どんな人も神が造られた作品です！　どんな人でも生きることに意味があります！　生きていること、息をしていることは当たり前ではなく、最も感謝すべきことなのです！

ヨハネの第三の手紙2節
愛《あい》する者《もの》よ。あなたのたましいがいつも恵《めぐ》まれていると同《おな》じく、あなたがすべてのことに恵《めぐ》まれ、またすこやかであるようにと、わたしは祈《いの》っている。

以前、NHKで、「子供に広がる銃社会」という番組を見たことがあります。とてもびっくりすることが、アメリカでは当たり前のように行われていました。それは、日本の子供たちが父親からキャッチボールを教えてもらうように、アメリカの子供たちは、ライフルの撃ち方を教えてもらうという現実でした。誕生日に野球のグローブではなく、ライフルがプレゼントされるのです。
銃の撃ち方を教えてもらうことは、人の殺し方を教えられる、戦争の仕方を教えられているようなことです。「銃口は人に向けてはいけない」と子供に教えていながらも、自己防衛のために銃の撃ち方も教えられているのです。なんという矛盾でしょうか。子供を正しく導かなくてはいけない親が、惑《まど》わされています。

親は、愛をもって子供を訓戒し、自分の命と同様に、他者の命も尊いのだということを教えることが大切です。銃など使わなくてもよい社会をつくる人間へと、育てていかなくてはなりません！

マタイによる福音書5章38節〜44節

『目《め》には目《め》を、歯《は》には歯《は》を』と言《い》われていたことは、あなたがたの聞《き》いているところである。しかし、わたしはあなたがたに言《い》う。悪人《あくにん》に手向《てむ》かうな。もし、だれかがあなたの右《みぎ》の頬《ほお》を打《う》つなら、ほかの頬《ほお》をも向《む》けてやりなさい。あなたを訴《うった》えて、下着《したぎ》を取《と》ろうとする者《もの》には、上着《うわぎ》をも与《あた》えなさい。もし、だれかが、あなたをしいて一マイル行《い》かせようとするなら、その人《ひと》と共《とも》に二マイル行《い》きなさい。求《もと》める者《もの》には与《あた》え、借《か》りようとする者《もの》を断《ことわ》るな。『隣《となり》り人《びと》を愛《あい》し、敵《てき》を憎《にく》め』と言《い》われていたことは、あなたがたの聞《き》いているところである。しかし、わたしはあなたがたに言《い》う。敵《てき》を愛《あい》し、迫害《はくがい》する者《もの》のために祈《いの》れ。

これからの未来を担っていく子供たちを正しく導くのは、今を生きている大人たちです。自分の子供が可愛いなら！　大切なら！　しっかりと躾《しつ》けることが大事です。愛をもって躾けるのであれば、必ず子供に伝わります。銃により命を犠牲にすることなど、だれも望んでいません。戦争によって命を亡くすことも、だれも望んではいません。

自分たちは何のために生きるのか！　争いを起こすためではありません。どこの国でも、お腹を痛めて産んだ我が子を戦場に送り出したい母親はいませんし、犠牲となることを名誉だと思う母親もいません。母親というのは、どんな子供でも生きていることを望んでいます。僕の母もです。「生きていてくれて良かった」そう思って、僕のために自分の命の時間を使ってくれる母に、家族に感謝しています。

僕が信じる〝神癒《しんゆ》〟の力

僕の父と、祖母は癌でした。父は咽頭癌、祖母は大腸癌でした。しかし、父も祖母もイエス様から癒しをいただき、今は癌も完治しました。

世の中の人は、癌治療により一度は治ったとしても、再発という恐怖に苦しめられているのも事実だと思います。しかし、イエス様からいただく癒しは、完全な癒しです。父も祖母も癌発覚から五年が過ぎましたが、再発もなく、医師からは完治したと太鼓判を押されています。再発の不安や恐怖に悩まされることのない、平安な生活を送ることができています。

イエス様は、別名「ドクター・ジーザス」と呼ばれ、完全な癒しをくださいます。

医師は病気を外側から治しますが、イエス様が治してくださるのは人間の内側からです。その人間の病気を来たらした根本的な原因を突き止めて、そこから治療していきます。根本的な原因とはどこにあると思いますか？　聖書は、それが「霊」にあると教えています。

神は人間を創造された時、神を認め、神と交わりを持つことができるように、一番内側にあたる部分に「霊」というものを与えました。これは幽霊や悪霊、守護霊というものではなく、神というお方を知るために与えられた「本当の自分（自分の本質）」です。

動物には、魂と体しかありませんが、人間は、霊・魂・体で造られています。しかし、アダムとエバが神を裏切り、交わりを損ない、絶ってしまった時、霊は死に（活動をまったく停止させてしまい）本来の働きを失ってしまいました。それ以来人間は、魂と体だけの不完全な状態で生きていくようになりました。

魂というものは、人間の精神活動を営む部分であり、知性・意志・感情から成り立っています。悪霊はこの魂に働きかけ、人間の喜怒哀楽を自由にコントロールします。人間が悪霊にだまされ、ねたみやそねみ、憎しみ、悲しみ、貪欲など神から来ていない気持ちを持っていると、その魂の状態が、体にあらわれてきます。例えば、他者をねたんだり批判したりするような気持ちを持ち続けている人は、その思いが癌や潰瘍を生み出し、お金を一番として、金銭欲に囚われて生きている人は、心臓を悪くする等……。だれもが、日常生活において当たり前のように持ち続けている気持ちではないでしょうか。

「人《ひと》は自分《じぶん》のまいたものを、刈《か》り取《と》ることになる」（ガラテヤ人への手紙6章7節b）と聖書に書かれています。よいものをまけば、よいものを刈り取ることができるし、悪いものをまけば悪いものを刈り取り、それぞれ自分の身となっていきます。

聖書は、人間は悪霊にだまされて、悪いものをまき続けた結果を刈り取りながら生きているのだと、同時にそれは、神の目から見たら罪なのだと教えています。「ドクター・ジーザス」の治療は、まず死んでいた霊を蘇《よみがえ》らせ、神との交わりを回復させることから始まります。そして聖霊を受け入れ、聖霊が人間の霊とぴったりくっついて働きを開始させてくださった時、神から来ていなかった魂の欲望（感情や考え）を、追い出す力が与えられるのです。健全な霊が、魂に働きかけ知性に働きかけます。そして、その魂の状態は体へとあらわれます。これまで自分をコントロールしてきた悪霊を追い出して、本当の自分である霊を取り戻したら、よいものをまいて、よいものだけを刈り取ることができるようになります。

こうやって神の癒しは、霊→魂→体の順番で行われていきます。人間はイエス様を受け入れ救われることによって、はじめて霊・魂・体から成る本来の健全な姿を取り戻すことができるのです。

今の僕は、イエス様を受け入れて霊・魂・体を持った完全な人間です。しかし、肉体が食物を食べなければ健全な状態を保つことができないのと同じように、霊にも栄養のある食物が必要です。霊の食物とは、神の言葉であるみことば（聖書の言葉）です。僕は毎日聖書を開いてみことばを読んでいます。そして、一つ一つのみことばを、「アーメン」と言って受け入れます。アーメンというのは、「そのとおりです」という意味で、僕がやっていることは、毎日栄養いっぱいの食事を霊に食べさせて「ごちそうさま」と言っているのと同じです。こうすることによって、僕の霊はとても元気になります。みことばを通して、力をいただけるのです。そして、こうやって霊に食事を食べさせると、不思議と僕の魂も平安な気持ちに満たされるのです。思い煩いや苦々しい思いがあったとしても、霊が元気になると、「これは悪霊が持ってきている気持ちだな！」と分かり、すぐに悪霊と戦って追い出すことができるので、いつも魂が平安な状態を保つことができるのです。この時、僕の中で霊→魂に神の癒しが行われていることが分かります。やがてその力が僕の身体にあらわれる時が来るでしょう。僕はその日のために、僕の〝神癒の歴史〟を記録しておかなければなりません。

聖書によって家族が癌から完全に癒された体験をしているからこそ、病気や問題で苦しんでいる人たちにイエス様の癒しの力を知っていただきたいと思っています。

覚醒剤などの薬物やギャンブル等の依存症、癌や難病、性同一性障害等のありとあらゆる病気、事故、人間関係における様々な問題等、すべての不幸には、悪霊が関係しているのです。「ドクター・ジーザス」は、僕たちが生きていく上でぶつかる〝すべての問題という病〟を根本から癒してくださいます！

イエス様の力しか、悪霊に打ち勝つものはありません！

いじめ問題

僕の命は、奇跡によって生かされました。事故に遭った時、現場では息をしていました。数時間後、病院で呼吸が止まりました。もし事故現場で呼吸が止まっていたら、そこには人工呼吸器もありませんから、そのまま死んでいたでしょう。病院まで呼吸をしていたことも、神によって命を守られました。偶然ではない奇跡です。

人の命は、本当に奇跡の連続によって生かされている……どこかに出かけて、安全に帰って来ること、何気ないと思うことが、神から命を守られている奇跡なのです。

しかし今の世の中は、そんな命を自ら絶ってしまったり、他者に奪われてしまうようなニュースが絶えません。特に、いじめ問題は深刻です。

いじめが自殺に繋がっていく原因の一つには、家族が子供の出しているSOSに気付いてあげられなかったり、子供の様子の変化を感じ取れなかったり、どんなことでも相談できる関係を築いていなかったなど、家族とのコミュニケーションの問題があると思います。また、いじめる側になってしまった子も、育った家庭、学校、友人など何らかの原因はあるはずです。

大人はまず、子供の背景にあることを知り、その上でしっかりと向き合うことが大切だと思います。

しかし、今はその向き合い方さえも変わりつつあるようです。

僕が参加している聖書勉強会には、小学二年生の女の子と六年生の女の子がいます。二人は違う学校に通っているのですが、いじめ問題の解決策として、両方の先生が「いじめっ子とは関わってはいけない。仲良くしてはいけない」と教えていると聞き、驚きました。その子以外の子供たちは、先生が言うのだから正しいと思って、「はーい！」と返事をしていたそうです。学校教育の中では、どのようにいじめ問題を解決すれば良いのか分からない状況にあるのだと思いました。

いじめ撲滅をかかげてから、何年たったでしょうか。その場しのぎの解決策だから、いじめは一向になくなりません。人間の考える解決策では、どうにもできずに、八方塞がりになっているのではないでしょうか。僕は小学校時代、道徳の時間に、人に親切にすること、命を大切にすること、差別をしてはいけないということを学びましたが、現に学んでいる子供たちの世界においても、大人の世界においても、いじめは起きます。障がい者に対しても、偏見やいじめが絶えないのが現状です。

昨年（二〇一六年）、相模原の障がい者施設で残忍な殺傷事件がありました。犯人は、「障がい者など、世の中では不要なもの。いなくなればいい。障がい者自身のためにも安楽死したほうがいい」と思っていたそうです。考えられないことです。しかし、少なからずそう思っている人はいると思います。僕自身も交通事故で障がい者になってから、外出すると、人から特別な目で見られている感じがして、嫌な思いもしていました。健常者だった時の僕も、障がい者に対して特別な目で見ていたこともありました。障がい者の思いは、自分が障がい者となって初めて気付いたことでした。

共に聖書を学んできた子供たちは、たとえ小学二年生であっても、すぐに「先生の言っていることはおかしい！」と判断できました。先生が考えたいじめの解決方法を聞いて、「何で？　皆がいじめる人と関わらないで仲良くしないなんて、人を差別しているみたい。そんなふうにしたら、今度はいじめる人が集団いじめに遭うことになる。もっといじめが広がっていく。聖書は、目に見えない悪霊が相手に入って自分に嫌なことをしてくるのだと教えている。私たちは、いじめる人を許して、悪霊と戦うことができるし、イエス様がその許す心を見て相手を変えてくれる。相手も悪霊から解放される。それに、聖書には、自分がしてほしいことを相手にもしてあげなさいって書いてあるから、どんな言葉をかけられたら嫌なのか、どんな行動をとられたらつらい思いになるのか、自分がされたらどう思うかを皆で考えることが大切だと思う。一人一人が神様によって大切につくられたことを忘れてはいけないと思った」と話してくれました。

この子供たちは、先生の言っていることがなぜおかしいのかを聖書に基づいて考え、自分の良心だけでなく、いじめる子も守る答えを導き出すことができました。聖書は人を教えるのに有益な書物です。子供たちの姿を通して、改めて、物事の善悪の判断を考える基準をしっかりと持っている人間は、悪に負けない強さを持っているのだなと思いました。

僕自身は聖書を学ぶ中で、今まで受けてきた道徳教育は自分対「人」という横の関係、人に対してどうあるべきかしか教えていないことに気付かされました。しかし、聖書の倫理は、まず、「唯一の神、イエス・キリストを愛する」という自分対「神」との縦の関係を教え、その次に「隣人を愛する」という自分対「人」との横の関係を教えています。それによって僕は、どんな状況においても神に心を見られている、神の御前でこれはして良いことなのか、これは言っても良いことなのか、自分の言動はどうなのかを第一に考え、聖書の教えに照らし合わせて過ごすようになりました。そうしたら、自ずと他者に対する批判や悪口は言えなくなり、聖書に書かれてあるとおり、愛、喜び、平和（平安）、寛容、慈愛、善意、忠実、柔和、自制の思いを持って人に接することができるようになったのです。

以前ある本を通して、「明治維新で、大日本帝国憲法を制定した伊藤博文は、憲法のつくり方を欧米から学ぼうとした際、欧米人の土台はもともと聖書の教えにあり、人としての在り方をわざわざ教える必要はないが、日本人は聖書にある唯一の神の存在を知らないから、一から人としての在り方を定めて教えなければならないと気付いて帰ってきた。そして、教育面においては、後に天皇の神格化に至った教育勅語ができた」ということを知りました。

それは、今の時代にもそのまま影響を及ぼし、ついにはいじめ問題のみならず、道徳では解決できない理不尽な問題が山積みの世の中となりました。

だからこそ、日本人が、まず自分を母の胎内で大切に組み立ててくださった真の神の存在を知ること、自分対「神」という縦の関係を知ること、聖書の倫理があることを知ることが必要だと思います。小学校でも、そんな学びがあれば、なぜ自分や他者の命を大切にしなければならないのかを、しっかりと心に留めることができ、必ずいじめが撲滅されると思います。

命は尊いものです。人は命を奪えても、失った命を取り戻すことはできません。聖書では、自分の命を大切にすることとは、まず、今日も心臓を動かしてくださっている神に感謝し、愛することであると教えています。
輪廻転生はなく、この世にたった一度、たった一人しか存在しない命として、神は僕たち人間を母の胎内で丁寧に組み立て、誕生させてくださったのです。だから、自分の命と他者の命を天秤《てんびん》にかけることなどできません。続けて聖書は、自分を愛するように自分の隣り人を愛しなさいと教えています。

マルコによる福音書12章29節〜31節
イエスは答《こた》えられた、「第《だい》一のいましめはこれである、『イスラエルよ、聞《き》け。主《しゅ》なるわたしたちの神《かみ》は、ただひとりの主《しゅ》である。心《こころ》をつくし、精神《せいしん》をつくし、思《おも》いをつくし、力《ちから》をつくして、主《しゅ》なるあなたの神《かみ》を愛《あい》せよ』。第《だい》二はこれである、『自分《じぶん》を愛《あい》するようにあなたの隣《とな》り人《びと》を愛《あい》せよ』。これより大事《だいじ》ないましめは、ほかにない」。

さらに、悪霊の存在を知ることで、僕の家族と加害者が和解できたように、いじめっ子といじめられっ子も聖書の力によって必ず和解することができます。いじめてきた子は自分を「いじめっ子」にさせてきた悪霊から解放されて謝ること、いじめられてきた子は、相手を許すこと、そのように互いが聖書の教えに従って善の行いに至れた時、神の力が働いて悪霊は去ることを知ってもらいたいです。

道徳では不可能だったことも、聖書の倫理は可能にするのです！

神は愛です。人の力で解決できなかった、いじめという大きな社会問題も、聖書の力で解決できると、信じています。

ローマ人への手紙12章17節~21節

だれに対《たい》しても悪《あく》をもって悪《あく》に報《むく》いず、すべての人《ひと》に対《たい》して善《ぜん》を図《はか》りなさい。

あなたがたは、できる限《かぎ》りすべての人《ひと》と平和《へいわ》に過《す》ごしなさい。愛《あい》する者《もの》たちよ。自分《じぶん》で復讐《ふくしゅう》をしないで、むしろ、神《かみ》の怒《いか》りに任《まか》せなさい。なぜなら、「主《しゅ》が言《い》われる。復讐《ふくしゅう》はわたしのすることである。わたし自身《じしん》が報復《ほうふく》する」と書《か》いてあるからである。むしろ、「もしあなたの敵《てき》が飢《う》えるなら、彼《かれ》に食《く》わせ、かわくなら、彼《かれ》に飲《の》ませなさい。そうすることによって、あなたは彼《かれ》の頭《あたま》に燃《も》えさかる炭火《すみび》を積《つ》むことになるのである」。悪《あく》に負《ま》けてはいけない。かえって、善《ぜん》をもって悪《あく》に勝《か》ちなさい。

エペソ人への手紙2章10節

わたしたちは神《かみ》の作品《さくひん》であって、良《よ》い行《おこな》いをするように、キリスト・イエスにあって造《つく》られたのである。神《かみ》は、わたしたちが、良《よ》い行《おこな》いをして日《ひ》を過《す》ごすようにと、あらかじめ備《そな》えて下《くだ》さったのである。

命を繋ぐこと

二〇一四年、僕たちは家族の在り方や命の重要性を伝えるために、『一つになろうよ！　命の絵本・命の糸に出会う本』（燦葉出版社）を出版しました。男女の出会いから結婚、子育てまでを描き、家族がつくられる上で、神がくださった命の日々をどのように生きていかなければならないかを、聖書の教えを土台に伝えています。二〇一五年には、韓国にいる勉強会の仲間も読めるようにと、日韓国交正常化五十周年というタイミングで燦葉出版社より韓国語版も出版されました。この内容に対して韓国でも賛同をいただくことができ、二〇一六年には、韓国のクムラン出版社からも出版され、韓国の新聞でも紹介されました。

僕が毎週日曜日に参加している聖書勉強会「ぶどうの木」は、聖書の一節を読んで牧師さんの話を聞き、祈りを捧げるといった宗教的な会ではなく、社会問題と聖書の言葉を照らし合わせて聖書の神は何と教えているのかを学んだり、聖書の言葉を信じ、愛し、実践する中で得た体験（証）を分かち合う会です。僕はここで、聖書は人間が抱えるすべての問題に対して的確に答えていることを知りました。また、家にこもっていたら、人との出会いも限られていた僕でしたが、聖書勉強会に参加し始めたことで、小学生からお年寄りまで、様々な年代や職種の方々と話をする機会が増えたり、韓国においても共に聖書を学ぶ仲間ができ、日韓交流も持てるようになりました。それによって視野が広がり、今まで考えたこともなかったようなことを、自分のこととして考えたり感じられるようになりました。

聖書勉強会の中で特に学んでいることは、夫婦・家族・家庭は一番小さな社会の単位であり、神に喜ばれる人間になるための土台であるということです。僕自身まだ結婚はしていませんが、学びを通して、結婚や家族の在り方について深く考えるようになりましたし、自分の家族にも目を向け、〝家族の絆〟を再確認しながら、自分の至らない部分を聖書の教えを基に正すようになりました。

人間は一人では生きられません。家族による命の繋がりがなければ、この世界に生まれることはできず、だからこそ家族は切っても切れない糸で繋がっていると思います。

しかし、今の世の中は、できちゃった婚や授かり婚が当たり前となり、生まれてきた子供の命に対しての責任や、守り育てるという意識がないまま父親、母親になってしまったことで、離婚や虐待といった悲惨な結果を招き、子供たちが心身共に傷ついています。女性の中には、望まない妊娠のために中絶を選択したり、産後、子供を手放さざるを得なくなり、大きな傷を抱えている人もいます。

近年では、ＬＧＢＴ（性的少数者）によって多様化する家族の在り方を容認する動きや、精子・卵子提供や代理出産によって生まれた子供たちの権利と、親権をどうするのかという社会問題も起きています。神に喜ばれる家族の在り方や、命の繋がりが尊いものであると学んできた僕としては、多様化することで複雑化していく家族の在り方や子供たちを取り巻く環境に危機感を感じています。

また、昨年聖書勉強会に性同一性障害の方が来られて見聞きしたことを通して、当事者の苦しみや悩みに寄り添って、そこから解放される道を考える機会を得たり、容認していった先にある問題を知ることにもなりました。そして、命に関わる様々な問題に対して、神は何と言っているのか聖書を開いて調べてみると、特にLGBT問題について言及していることが分かりました。

詩篇139篇13節~16節（リビングバイブルより）
神様《かみさま》は、精巧《せいこう》に私《わたし》の体《からだ》の各器官《かくきかん》を造《つく》り、母《はは》の胎内《たいない》で組《く》み立《た》ててくださいました。こんなにも複雑《ふくざつ》かつ緻密《ちみつ》に仕上《しあ》げてくださったことを感謝《かんしゃ》します。その腕前《うでまえ》は天下一品《てんかいっぴん》だと、よくわかっております。秘密《ひみつ》の工房《こうぼう》で私《わたし》を組《く》み立《た》てる時《とき》、神様《かみさま》は立《た》ち合《あ》われました。生《う》まれる前《まえ》から、まだ呼吸《こきゅう》を始《はじ》める前《まえ》から、神様《かみさま》の目《め》は私《わたし》に注《そそ》がれており、その生涯《しょうがい》にわたるご計画《けいかく》も、練《ね》り上《あ》げられていたのです。

ヘブル人への手紙13章4節

すべての人《ひと》は、結婚《けっこん》を重《おも》んずべきである。また寝床《ねどこ》を汚《けが》してはならない。神《かみ》は、不品行《ふひんこう》な者《もの》や姦淫《かんいん》をする者《もの》をさばかれる。

ローマ人への手紙1章24節~27節（リビングバイブルより）

そこで神様《かみさま》は、彼《かれ》らがあらゆる性的《せいてき》な罪《つみ》に深入《ふかい》りするに任《まか》せました。そうです。彼《かれ》らは互《たが》いの肉体《にくたい》で、汚《けが》らわしい罪深《つみぶか》い行為《こうい》にふけったのです。彼《かれ》らは、神様《かみさま》についての真理《しんり》を知《し》っていながら、信《しん》じようとせず、わざわざ、偽《いつわ》りを信《しん》じる道《みち》を選《えら》びました。そして、神様《かみさま》に造《つく》られた物《もの》には祈《いの》りながら、それらをお造《つく》りになった神様《かみさま》には従《したが》いませんでした。この創造主《そうぞうぬし》である神様《かみさま》こそ、永遠《えいえん》にほめたたえられる方《かた》です。アーメン。

そんなわけで、神様《かみさま》は彼《かれ》らを放任《ほうにん》し、したいほうだいの事《こと》をさせました。そのため、女《おんな》でさえ、定《さだ》められた自然《しぜん》の計画《けいかく》に逆《さか》らい、同性愛《どうせいあい》にふけるようになり、男《おとこ》も、女《おんな》との正常《せいじょう》な性的関係《せいてきかんけい》を捨《す》てて、同性間《どうせいかん》で汚《けが》れた情欲《じょうよく》を燃《も》やし、恥《は》ずべきことを行《おこ》ないました。その結果《けっか》、当然《とうぜん》の報《むく》いを受《う》けているのです。

このようなことまで書かれてあるのか！　と驚きましたが、これほどまでに今の時代にも当てはまることが書かれていることに、いつの時代も変わらず、守られ続けてきた神の言葉の力、神が人類に与えた聖書の力を実感しました。そして、神がそれほどまでに、人間の命と、命の繋がりを大切にされていることを知りました。

神が与えた性別には、それぞれ役割があり、それに逆らって、同性間で恋愛感情を持つことや、女性が男性、男性が女性へと性転換することは、神に対して罪を犯しているのだと聖書は教えています。特に、一度性転換手術を受けてしまったら、もう元の体には戻れません。ホルモン注射をすると癌発症のリスクを負うことにもなるそうです。生きるか死ぬかの体験をし、今も四肢麻痺で体が動かない僕としては、そのように自分の体を感情のままに傷つけたり、命を削ることを分かっていてする行為には疑問があり、神様から与えられた自分の体を大事にして欲しいと思います。そして、性転換手術の前に、一度聖書を読んでみてほしいと思います。なぜなら、聖書には「心《こころ》はよろずの物《もの》よりも偽《いつわ》るもので、はなはだしく悪《あく》に染《そ》まっている。」（エレミヤ書17章9節）と書かれており、心というものは悪霊に翻弄されてころころと変わるからです。人間にとって感情のままに生きることは恐ろしいことです。

神は性別を間違えません。ですから聖書は、当事者ではなく、当事者を捉えている悪霊に目を向けること、悪霊と戦って追い出せる権威があることを教えています。性同一性障害の方は、神が性を定めてつくられた体に対して、悪霊からこれは本当の自分ではないと思い込まされ、同性愛者も、同性を好きだと思い込まされているというのが聖書的見解です。「魔が差す」という言葉があるように、悪霊が人間に出入りするということは確かにあり、誰もが一度は見聞きしたことのある「最後の晩餐」の絵も、イエス・キリストの弟子であったユダにサタン（悪霊）が入ったところを描いています。自分をコントロールしてきた悪霊が離れたら、神様に与えられた性別を生きる本当の自分を取り戻すことができるのです。目には見えない「悪霊」がいるということを皆が知ると、決して偏見や差別には至りません。聖書には、誰をも罪に定めない神の愛と、すべての人に対する希望があるのです！

マルコによる福音書1章34節

イエスは、さまざまの病《やまい》をわずらっている多《おお》くの人々《ひとびと》をいやし、また多《おお》くの悪霊《あくれい》を追《お》い出《だ》された。また、悪霊《あくれい》どもに、物言《ものい》うことをお許《ゆる》しにならなかった。彼《かれ》らがイエスを知《し》っていたからである。

エペソ人への手紙6章12節

わたしたちの戦《たたか》いは、血肉《けつにく》に対《たい》するものではなく、もろもろの支配《しはい》と、権威《けんい》と、やみの世《よ》の主権者《しゅけんしゃ》、また天上《てんじょう》にいる悪《あく》の霊《れい》に対《たい》する戦《たたか》いである。

また、聖書勉強会には、産婦人科医（生殖医療専門医）の方がいるのですが、生命を生み出す非常に倫理観が問われる現場で働いている彼は、医療技術の進歩によって命の繋がりをねじ曲げることは、人類の存続にまで関わる一つの深刻な問題だと話してくれました。

「私は普段、不妊治療の診療の中で、精子と卵子、受精そして着床という生命の誕生の原点に立ち会っています。聖書には、神が母の胎内でヒトを組み立てられた、とありますが、生命誕生の過程は、現代の医学でも全てを解明することはできず、受精卵から子宮内でヒトに成長していく様は、まさに神業といえる現象です。この世に誕生した人の命は、すべて尊いものなのです。

不妊治療は本来、まずは父（男性）と母（女性）となるべき、しっかりとした関係を築いた夫婦に行うべき治療であり、現代は生殖補助技術（人工授精や体外受精）の進歩により、不妊で悩む多くの夫婦が子供を授かることができるようになりました。その一方で、直接的な性交渉を介する必要のない精子・卵子提供を利用することにより、同性愛者や未婚者、高齢夫婦など、自然では妊娠することがあり得ない人でも妊娠することが可能になりました。精子に関しては採取が容易であることや、自己注入でも妊娠が可能であることから、精子バンクと称したサイトを通じて精子提供（提供者との性交渉を含む）を個人で安易に行う人が現れ、実際に妊娠・出産に至っているケースもあります。まるでインターネットで商品を買うように、精子の授受を行うことは、生まれてくる子供の命の尊厳など全く考えていない、恐ろしい行為です。卵子提供は、日本では病的に卵子が失われた四十歳以下の既婚の女性に限定的に行われていますが、年齢が理由で妊娠できなくなった人は海外に渡航して卵子提供を受けるケースが多いです。中には、若い女性に旅行感覚で卵子提供を斡旋する団体もあるそうです。このような生殖補助技術の進歩は、次世代に遺伝的な繋がりのない親子関係を生じさせ、新たな倫理的な問題を生み出しています。精子・卵子の提供により生まれた子の多くは自分の出自に悩んでいますし、子供たちが成長し、結婚を考えるようになった時、自分の結婚相手が同一者の精子・卵子提供を受けた自分の近親者であるかもしれないという恐れや不安がつきまとうという声も上がっています。もしＬＧＢＴの方が医療技術で気軽に子を得ることができるようになれば、その確率は上がります。近親婚は遺伝病を発症する確率を高めてしまい、人類を生物学的に弱い種にしてしまう危険性があり、それは人類の滅亡につながってしまいます。

さらに、現代の性的関係の乱れは、性感染症を引き起こします。特に、男性同性愛者はエイズ（ＨＩＶ感染症）になる確率が高いことで知られています。また、クラミジア感染症は、不妊症を引き起こすことが知られています。一時の情欲と感情で聖書の神が教えている正しい男女の関係から外れることは、自分自身が負の刈り取りをすることになり、命さえ失う結果となるのです。

子を持つということは、次世代を育て、命を繋いでいくということです。子供が欲しいという欲求だけで自ら生み出すものではありません。子供を授ける神が定めた秩序があり、聖書の倫理は私たち人間を守るものです。しかし、ＬＧＢＴの容認、生殖補助技術の発達によって、私たち人間はこの現代においてとても危うい土台に立たされています。今こそ、聖書が教えてくれている人としての在り方、生き方に立ち返り、自己破滅をしていく愚かな行為から脱却しなければならないと思います」

僕は産婦人科医の方の話を聞き、僕自身が、精子・卵子提供によって生まれたことを知ったらどうだろうか……育ててくれた両親への感謝の気持ちはあるとしても、ショックで親子間の信頼関係にヒビが入らないだろうか、自分の遺伝的な親は誰なのかと思いを巡らせないだろうか……絶対に複雑な思いになると思いました。共に聖書を学んでいる子供たちも、「同性婚の親の元に生まれた子供は、将来〝自分の親は、二人とも女だ。○○ちゃんの家には、お父さん（男性）とお母さん（女性）がいるのに、なんで私の家は違うの？〟と悩むと思う」と話していました。子供が欲しいという思いに至るまでには、人それぞれ様々な思いや考えがあると思いますが、そこに生まれた子供の将来、未来を考えると、やはり神が定めた結婚＝一組の男女の繋がりの上に誕生することが幸せです。

また、今は結婚しない若者も多いですが、結婚したくない人が増えたり、たとえ同性愛者が子供を望まなかったとしても、そのような結婚が増えたら、次世代を担う子供が生まれなくなって人口は減る一方です。命の重みと家族の形について、ますます考えさせられました。

何が正しくて、何が間違っているのかの判断を、人間の知恵や価値観によって行えば、多種多様な答えが出てきますが、それによって本来あるべき生命の誕生のかたちをゆがめたり、命の繋がりを複雑にしたり、神の秩序を乱す行いに人類が走ってしまうことは最も恐ろしいことであり、絶対にしてはいけないことです。

聖書は、僕たち人間に、明確に「神」という存在があることを知らせています。神に認められ、人にも受け入れられる生き方をすること、自分という一人の人間に神が与えてくださった命と、次世代の命の尊厳を守ることは、人間に与えられた責任だと考えます。それが、神を喜ばせ、命の繋がりと繁栄をもたらすのではないでしょうか。

一つの問題を取り上げたら必ず賛否両論あるでしょう。特にＬＧＢＴ問題に対しては様々な意見があるでしょうが、僕は僕として、生きる希望をくれた神に感謝しているからこそ、聖書に書かれている神の言葉をまっすぐ伝えずにはおれません。情に流されずに、愛にあって真理（神の言葉）を伝える強さもまた、聖書の学びによって僕が得たものであり、無関心にならずに、自分の命を使える今があることも、神に感謝しています。当事者の方々の思いや、そのご家族の思いは計りしれませんが、もし、聖書を知らずに苦闘葛藤している方がいるのであれば、聖書の神に出会っていただきたいと心から願います。

清原和博さんへの思い

清原和博さんは、僕が野球を始めるきっかけになった人でした。小学四年生の夏休み、初めて東京ドームに行った時のことでした。

「4番センター松井」「ワァー！」「5番ファースト清原」「ワァ――‼」4番の松井秀喜や他の選手よりも、大きな歓声が東京ドームに響いていました。まだ、野球のルールや野球選手のこともあまり知りませんでしたが、「かっこいい！すごい人気だ！　こんな選手になりたい！」と思いました。野球を始めた僕にとって、ずっと野球人生の目標でした。引退発表をテレビで見た時は、寂しくて悲しかったです。二十二年間怪我に苦しみながらも頑張っていた姿が、今でも忘れられません。

二〇一六年二月二日二十三時三十分頃、テレビ速報が入り、「嘘《うそ》だ！」それ以外、言葉が出ませんでした。

「元プロ野球選手・清原和博容疑者を覚せい剤取締法違反容疑で逮捕……」

悲しみと怒りが入り混じった感情が湧き起こりました。

清原さんはスーパースターで、「番長清原」とも呼ばれていました。怪我で野球ができなくなり、引退後はテレビに出演されていても、どこか寂しそうでした。僕も事故で野球ができなくなった時は、やり場のない喪失感が湧きました。現役時代は、男の中の男という感じでしたが、野球を失ってしまった清原さんは、とても弱い人間だったのだと思いました。だからといって、覚醒剤を使用することは間違っています。

拘置所から出た後、テレビ出演されていた時、「覚醒剤を止《や》められたという言い方は、なかなか言いづらい」、「一日一日、今日は使わなかった。じゃあ明日も頑張ろうという積み重ねです」、「本当に恐ろしい薬物。怪物で悪魔で、そのささやきと闘い続けるというのは一生続くと思っている」とおっしゃっていました。

僕の知人で覚醒剤をやったことがある人が、イエス様を受け入れ、聖霊をいただいた時に、カーッと身体が熱くなり気持ち悪くなったそうです。その時は、自分がどうなったのか分からなかったそうです。今では、覚醒剤をしていた時の感覚や、またやりたいと思う感覚がまったく思い出せないと話しています。その人は、「今思うと、イエス様を受け入れた時に、自分の身体の中から覚醒剤が抜け、その時の快感や感覚もすべて忘れてしまった」と気付いたそうです。イエス・キリストを受け入れ、聖霊をいただいた者は、その聖霊の力によって一瞬にして、新しい自分へと生まれ変われるのです。

だから僕は、清原さんを含め、薬物に苦しんでいる、すべての人たちがこの本を読んで、覚醒剤という怪物からイエス様の力によって救われてほしいと心から思います。
もう一度、僕の「スーパースター清原和博」に生まれ変わって欲しいです。

命の扉を開くブログの更新

僕は聖書に出合ったことで、身体的な病気や精神的病気を抱えている人や、僕のような障がいに苦しむ本人と家族たちに、医者には治せなくても、イエス・キリストなら癒すことができるのだと伝えたいと思いました。

しかし、伝えたいと言ったところで、僕は人の助けなしでは外出できません。身障者の僕でも伝えられる方法がないかと考えた時、一つの手段として、ブログを思いつきました。そして、二〇一六年四月九日から自分のブログ「諒のブログ」を開設して書き始めました。

僕自身が世の中の障がい者や苦しんでいる人たちの「希望の光」となること。

以前から僕は牧師さんに、「身障者である今の諒君にしかできないことがあります。諒君の目の前にあるパソコンは世界と繋がっているのだから、そのパソコンを使って、今の自分、聖書を学んできた自分を発信していったらどうですか?」と言われていました。しかし、文章を書くことが苦手な僕は、ずっとそのことから逃げていました。大学の講義も終わりに近づき、これからどうしていこうかと思いながら、何が自分にできて、何がイエス様に喜ばれることかと考えた時に、以前から言われていた「自分を発信すること=ブログ」だと気付きました。リハビリでパソコンを打つ技術を習得していたのも神の御計画でした。「逃げるのではなく意志を向けてやろう!」と決め、ブログを始めて九か月が経ちました。

ブログを始めたばかりの頃は、「ブログによって、イエス様の栄光をあらわすために聖書のことを伝えなければ!」と、難しく考えていました。二か月ほど経った頃、「今日は何を伝えようか?」と悩むことが多くなり、ブログを書くことが億劫になっていました。そんな僕を察した牧師さんが、次のように語ってくださいました。

「もっと肩の力を抜いて、等身大の自分の日常を書いていけばいい。今の自分にしか書けないこと、今の自分が伝えられることを、更新していけばいいんじゃない？　毎日、忠実に自分の今の思いや考えを書いたり、その日にもらった聖書のみことばや、祈りたいことを一つ一つブログに記録することが、今の諒君にとって大切なことです。それに、もらった聖書のみことばを信じてアーメンして行う時、そこに何が起こってきたか、どんな実がなって、それが次に何に繋がってきたかを知るようになります。全く自分の頭で考えた計画、やり方ではない、神のやり方が分かるようになります。イエス様は諒君に、『勝利の日記』を書かせたいのです。イエス様は、諒君が立ち上がった日に、どんな神（みことば）との道のりがあり今日を迎えたかをちゃんと記録しておきなさいと言われているのです。それが、『諒のブログ』。『小さな始まりを軽んじるな』と、聖書には書いてあります。私にとっても、諒君との出会いは、その小さな始まりの一つでした。聖書（イエス・キリスト）を知った私たちの特権は、毎日、毎時、毎瞬間、神と出会い神と共に生きる者、神を知り神に知られる者とされたことです。諒君が、イエス様に信頼し信じるなら、神の栄光を見ます!! だから、神の栄光に至る、神（みことば）との歩きを忠実に記録してください。それを必ずイエス様が世の光、地の塩として用いてくださいます」

牧師さんは、生活する中で困ったり悩んだりした時に、聖書の言葉に基づいてどうしたら良いのかを教え、正しい道へと導いてくださったり、聖書を通してこれから起こることを僕たちに知らせてくださる方です。

振り返ると、僕のブログに対しても「必ずイエス様が世の光、地の塩として用いて下さいます」（マタイによる福音書5章13節~16節）と、この時、ブログが書籍となることを預言してくださっていたのだと分かります。

マタイによる福音書5章13節～16節

あなたがたは、地《ち》の塩《しお》である。もし塩《しお》のききめがなくなったら、何《なに》によってその味《あじ》が取《と》りもどされようか。もはや、なんの役《やく》にも立《た》たず、ただ外《そと》に捨《す》てられて、人々《ひとびと》にふみつけられるだけである。あなたがたは、世《よ》の光《ひかり》である。山《やま》の上《うえ》にある町《まち》は隠《かく》れることができない。また、あかりをつけて、それを枡《ます》の下《した》におく者《もの》はいない。むしろ燭台《しょくだい》の上《うえ》において、家《いえ》の中《なか》のすべてのものを照《てら》させるのである。そのように、あなたがたの光《ひかり》を人々《ひとびと》の前《まえ》に輝《かがや》かし、そして、人々《ひとびと》があなたがたのよいおこないを見《み》て、天《てん》にいますあなたがたの父《ちち》をあがめるようにしなさい。

僕のブログサイトは、「livedoor ＝命の扉」です。ブログを運営するサイトは他にもありますが、僕がこのサイトを選んだのも偶然ではなく、僕自身が神の栄光をあらわし、命の扉を開けなくてはいけないのだとイエス様に言われていると思いました。

ヨハネによる福音書17章3節

永遠《えいえん》の命《いのち》とは、唯一《ゆいいつ》の、まことの神《かみ》でいますあなたと、また、あなたがつかわされたイエス・キリストとを知《し》ることであります。

ガラテヤ人への手紙1章10節〜12節

今《いま》わたしは、人《ひと》に喜《よろこ》ばれようとしているのか、それとも、神《かみ》に喜《よろこ》ばれようとしているのか。あるいは、人《ひと》の歓心《かんしん》を買《か》おうと努《つと》めているのか。もし、今《いま》もなお人《ひと》の歓心《かんしん》を買《か》おうとしているとすれば、わたしはキリストの僕《しもべ》ではあるまい。兄弟《きょうだい》たちよ。あなたがたに、はっきり言《い》っておく。わたしが宣《の》べ伝《つた》えた福音《ふくいん》は人間《にんげん》によるものではない。わたしは、それを人間《にんげん》から受《う》けたのでも教《おし》えられたのでもなく、ただイエス・キリストの啓示《けいじ》によったのである。

僕は牧師さんの言葉を受けて、二十四時間しかない一日の中で、自分に与えられた命をどう使うことが正しいのか、どのように生きることが神に喜ばれ、家族や周りの人にも喜ばれることなのかを考えるようになりました。

そして、聖書を通して学んだことを書き表していくと共に、救われる前の自分の愚かさをしっかりと悟った上で、聖書と出合い、イエス様に救われて変えられた自分を証していきたいと思えるようになりました。背伸びすることなく、イエス様と歩んでいる等身大の自分を、ブログに書いていこうと思いました。

ゼカリヤ書4章10節ab（リビングバイブルより）

この小《ちい》さな始《はじ》まりを軽《かろ》んじるな。わたしはその仕事《しごと》が始《はじ》まり、ゼルバベルの手《て》で測《はか》られるのを自分《じぶん》の目《め》で見《み》て、とても喜《よろこ》んでいる。

そして、僕がブログを始めたことで、もっとたくさんの人たちに読んでいただけるようにと、聖書を共に学んでいる女性がブログを紹介するカードを作ってくれました。

ブログを始めるまでは、僕が外出するとなると両親に負担がかかると思ったり、自分の姿を人にジロジロ見られるのが嫌で、自ら進んで外出しなかったのですが、今は、出会った人たちにカードを渡してブログを紹介するために、積極的にいろいろな場所に出掛けています！

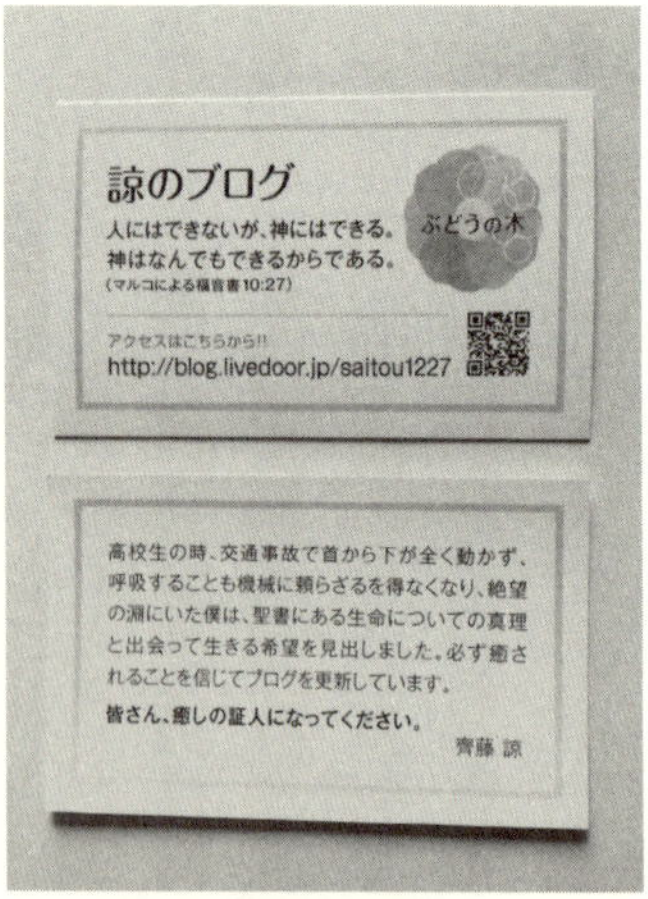

ブログを紹介するカード

マルコによる福音書16章15節~20節

そして彼《かれ》らに言《い》われた、「全世界《ぜんせかい》に出《で》て行《い》って、すべての造《つく》られたものに福《ふく》音《いん》を宣《の》べ伝《つた》えよ。(中略)」。主《しゅ》イエスは彼《かれ》らに語《かた》り終《お》わってから、天《てん》にあげられ、神《かみ》の右《みぎ》にすわられた。弟子《でし》たちは出《で》て行《い》って、至《いた》る所《ところ》で福音《ふくいん》を宣《の》べ伝《つた》えた。主《しゅ》も彼《かれ》らと共《とも》に働《はたら》き、御言《みことば》に伴《ともな》うしるしをもって、その確《たし》かなことをお示《しめ》しになった。

マタイによる福音書12章18節〜21節

「見《み》よ、わたしが選《えら》んだ僕《しもべ》、わたしの心《こころ》にかなう、愛《あい》する者《もの》。わたしは彼《かれ》にわたしの霊《れい》を授《さず》け、そして彼《かれ》は正義《せいぎ》を異邦人《いほうじん》に宣《の》べ伝《つた》えるであろう。彼《かれ》は争《あらそ》わず、叫《さけ》ばず、またその声《こえ》を大路《おおじ》で聞《き》く者《もの》はない。彼《かれ》が正義《せいぎ》に勝《か》ちを得《え》させる時《とき》まで、いためられた葦《あし》を折《お》ることがなく、煙《けむ》っている燈心《とうしん》を消《け》すこともない。異邦人《いほうじん》は彼《かれ》の名《な》に望《のぞ》みを置《お》くであろう」。

病院に入院していた時は、退屈で長い一日が一生続くのかと思っていましたが、気が付けば今の僕は、大学の講義とブログの更新で、一日があっという間に過ぎていっています。「野球しかない！　野球が命の一部だ！」と思っていた僕は、一度死んだも同然でした。でもそれによって新しく生まれ変わり、新しい世界で生きることができています。万事を益としてくださった聖書の力、イエス様に感謝します。

コリント人への第二の手紙5章17節

だれでもキリストにあるならば、その人《ひと》は新《あたら》しく造《つく》られた者《もの》である。古《ふる》いものは過《す》ぎ去《さ》った、見《み》よ、すべてが新《あたら》しくなったのである。

ローマ人への手紙8章28節

神《かみ》は、神《かみ》を愛《あい》する者《もの》たち、すなわち、ご計画《けいかく》に従《したが》って召《め》された者《もの》たちと共《とも》に働《はたら》いて、万事《ばんじ》を益《えき》となるようにして下《くだ》さることを、わたしたちは知《し》っている。

この本を読んでくださった皆様へ

僕は、首から下が全く動かない四肢麻痺と人工呼吸器を付けた身体になった時に、「死にたい！」と思ったことがありました。「手足が動かず呼吸も自分でできない僕が、生きている意味ってなんだろう？」と思ったこともありました。でも、聖書と出合ったことで、生きる意味、生きていく希望をいただきました！

そして聖書から、「すべてわが名《な》をもってとなえられる者《もの》をこさせよ。わたしは彼《かれ》らをわが栄光《えいこう》のために創造《そうぞう》し、これを造《つく》り、これを仕立《した》てた」（イザヤ書43章7節）という言葉をいただきました。

僕は、聖書に書かれていることが真実であることをあらわすために生きるのだと決意しました。
聖書を学んでいく中で、皆さんに聖書に書かれているイエス・キリストの教え（＝真理）を伝え、知っていただきたいと思っています。同じ苦しみを持っている人たちに、希望を与え、イエス・キリストが唯一の神であることを伝えていくことが、僕の使命だと思っています。

現状、僕の身体には、見えるところまだ変化はありませんが、聖書の癒しは霊からの癒しであり、それが魂→体へとあらわれます。霊に聖書のみことばを蓄えてきたことで、障がい者であっても僕は決して腐ることなく未来を見つめることができています。この八年間、身体への異変なく無事に過ごしてこれたことも、魂の健康を維持してこれたからだと思っています。

そして、希望は失望に終わることはありません！　自分の足で立ち上がる時、癒し主はイエス・キリストであることを自分自身の身体をもって証明します。

皆さん、僕の癒しの証人になってください!!

ローマ人への手紙5章1節~5節

このように、わたしたちは、信仰《しんこう》によって義《ぎ》とされたのだから、わたしたちの主《しゅ》イエス・キリストにより、神《かみ》に対《たい》して平和《へいわ》を得《え》ている。わたしたちは、さらに彼《かれ》により、いま立《た》っているこの恵《めぐ》みに信仰《しんこう》によって導《みちび》き入《い》れられ、そして、神《かみ》の栄光《えいこう》にあずかる希望《きぼう》をもって喜《よろこ》んでいる。それだけではなく、患《かん》難《なん》をも喜《よろこ》んでいる。なぜなら、患難《かんなん》は忍耐《にんたい》を生《う》み出《だ》し、忍耐《にんたい》は錬達《れんたつ》を生《う》み出《だ》し、錬達《れんたつ》は希望《きぼう》を生《う》み出《だ》すことを、知《し》っているからである。そして、希望《きぼう》は失望《しつぼう》に終《おわ》ることはない。なぜなら、わたしたちに賜《たま》わっている聖霊《せいれい》によって、神《かみ》の愛《あい》がわたしたちの心《こころ》に注《そそ》がれているからである。

イザヤ書57章15節〜19節

いと高く、いと上《うえ》なる者《もの》、とこしえに住《す》む者《もの》、その名《な》を聖《せい》ととなえられる者《もの》がこう言《い》われる、「（中略）わたしは彼《かれ》の道《みち》を見《み》た。わたしは彼《かれ》をいやし、また彼《かれ》を導《みちび》き、慰《なぐさ》めをもって彼《かれ》に報《むく》い、悲《かな》しめる者《もの》のために、くちびるの実《み》を造《つく》ろう。遠《とお》い者《もの》にも近《ちか》い者《もの》にも平安《へいあん》あれ、平安《へいあん》あれ、わたしは彼《かれ》をいやそう」と主《しゅ》は言《い》われる。

あとがき

「聖書《せいしょ》は、すべて神《かみ》の霊感《れいかん》を受《う》けて書《か》かれたものであって、人《ひと》を教《おし》え、戒《いまし》め、正《ただ》しくし、義《ぎ》に導《みちび》くのに有益《ゆうえき》である。それによって、神《かみ》の人《ひと》が、あらゆる良《よ》いわざに対《たい》して十分《じゅうぶん》な準備《じゅんび》ができて、完全《かんぜん》にととのえられた者《もの》になるのである。」（テモテへの第二の手紙3章16節～17節）

「聖書《せいしょ》に書《か》いてあるとおり、『目《め》がまだ見《み》ず、耳《みみ》がまだ聞《き》かず、人《ひと》の心《こころ》に思《おも》い浮《うか》びもしなかったことを、神《かみ》は、ご自分《じぶん》を愛《あい》する者《もの》たちのために備《そな》えられた』のである。」（コリント人への第一の手紙2章9節）

これらの言葉どおり、僕のここまでの歩きは、神様という存在を自分の思い

（側）に合わせて都合よく創り上げたり、気休めや自己満足でただ拝むのではなく、神のみ旨（望んでおられること）をたずね探し求め、聖書に書かれてあることに従って一歩踏み出してやってみる歩きでした。その時、僕が聖書の言葉を実践できるように助け主としていただいていた〝聖霊〟が必ず働いて、思いをはるかに越えた結果をもたらしてくれました。神はいつも僕に最高のものを備えてくださっていました。

二〇一七年の年明けに、僕はある大企業が二十代社員に行った初詣に関するアンケートを目にしました。初詣に行く人が七十パーセントで、そのうち四十五パーセントが五円のお賽銭《さいせん》をしたという結果でした。このアンケートを見た時、日本人、特に僕と同じ若者に、聖書に書かれている神のことを伝えずにはおれないと思いました。

真の唯一の神がいること、一人一人の髪の毛の数まで知っておられる神がいることを、多くの日本人は知らないでしょう。聖書はその真の神について、その神の言葉について書かれている本です。人間から賽銭をもらって養われる神ではなく、天地万物を造った神がいるのです。それが三位一体の神と言われる、天の父と、長子イエス・キリストと、助け主聖霊だと聖書は教えています。

使徒行伝17章24節〜28節a

この世界《せかい》と、その中《なか》にある万物《ばんぶつ》とを造《つく》った神《かみ》は、天地《てんち》の主《しゅ》であるのだから、手《て》で造《つく》った宮《みや》などにはお住《す》みにならない。また、何《なに》か不足《ふそく》でもしておるかのように、人《ひと》の手《て》によって仕《つか》えられる必要《ひつよう》もない。神《かみ》は、すべての人々《ひとびと》に命《いのち》と息《いき》と万物《ばんぶつ》とを与《あた》え、また、ひとりの人《ひと》から、あらゆる民族《みんぞく》を造《つく》り出《だ》して、地《ち》の全面《ぜんめん》に住《す》まわせ、それぞれに時代《じだい》を区分《くぶん》し、国土《こくど》の境界《きょうかい》を定《さだ》めて下《くだ》さったのである。こうして、人々《ひとびと》が熱心《ねっしん》に追《お》い求《もと》めて捜《さが》しさえすれば、神《かみ》を見《み》いだせるようにして下《くだ》さった。事実《じじつ》、神《かみ》はわれわれひとりびとりから遠《とお》く離《はな》れておいでになるのではない。われわれは神《かみ》のうちに生《い》き、動《うご》き、存在《そんざい》しているからである。

また、聖書は、悪霊や悪霊の親分であるサタンの存在を知らせていて、それらが真の神を見えなくさせるように、人間をだまし、偶像（神ではないもの）を拝ませ、狂わせ、導くのだと教えています。

キリスト教で、〝救われる〟という言葉が用いられるのは、「そんな今の世の中から救われてください！　サタンが来たらせているどうにもならないあなたの現状、光のない海底から、太陽が輝く神の手の中にヒョイっと救い上げられてください！」という意味があるからです。

最後に、僕が生かされて知った聖書の言葉の中から、皆さんの耳にどうしても入れておきたい一節があります。

ヨハネによる福音書14章6節
わたしは道《みち》であり、真理《しんり》であり、命《いのち》である。だれでもわたしによらないでは、父《ちち》のみもとに行《い》くことはできない。

「天の父のみもと」とは、天国のことです。イエス・キリストに救われ、イエス・キリストを信じて生きる人間にのみ、天国の門が開かれています。それ以外は、地獄を意味するということです。
だからこそ、歴史をつくってきた唯一無二の聖書＝神の言、神の言の証明であるイエス・キリストを受け入れ、今すぐ「水と霊から生まれ変わりなさい」と聖書は教えています。

僕はこのような身体になってしまった時、死んだらこの苦しみから解放される！　すべてが終わる！　だから死にたい！　と思いました。しかし、聖書を学ぶ中で、この人生は七十年～八十年で、死後に永遠に生きる場があることを知りました。その場を天国にするのか、地獄にするのかは、イエス・キリストを受け入れて救われているかどうかであり、世の中でどんな善人であろうとも、神の善悪の基準は、僕たちの基準とは違い、神の善悪の基準＝聖書の教えに従って生きなければ天国には行けないのだと知りました。もし、僕が自分の状態に悲観して命を絶ってしまっていたら、地獄行きでした。

今の僕の一番の願いは、体が癒されて立ち上がることです‼　そのために、野球一筋で体を使うことしかしてこなかった僕は、神様の計画の中で、頭を使わされ、立ち上がった時に、人生をより豊かに生きるための備えをしています。しかし、仮に、立ち上がる前に聖書に書かれているとおり、この地上がなくなってしまうようなことがあったとしても、僕はすでに、天国で永遠に生きる切符を手にすることができました。これは、究極の結論ですが。

僕は今、聖書を正しく教えてくださる牧師さんと出会ったことで、神の善悪の基準を知ることができ、それに従って一歩踏み出してやってみる中で、聖書の力を実感しています。事故に遭ったことで、野球一筋だった僕の人生は、百八十度変わりました。これが僕の運命なのか、この運命を受け入れるしかないのかと思いました。でも僕の運命は聖書＝イエス・キリストによって変わりました。あの日の事故は、決して不幸の始まりだったのではなく、天命に従って生きる最も幸せな人生の始まりであったと確信しています。

二〇一七年一月十九日

参考文献

栗山英樹『伝える。言葉より強い武器はない』KKベストセラーズ
『口語訳聖書』日本聖書協会
『新版リビングバイブル（旧新約）』いのちのことば社

NASVA 独立行政法人自動車事故対策機構ホームページ
http://www.nasva.go.jp/

諒のブログ
http://blog.livedoor.jp/saitou1227/

ぶどうの木 GoodNews

http://ameblo.jp/whitesheep0902/

あつまれ！　ホーリーキッズ

http://ameblo.jp/pinkrose92/

著者プロフィール

齊藤 諒（さいとう りょう）

1991年生まれ。静岡県出身。現在も静岡県磐田市に在住。

静岡県立浜松商業高等学校を中退、高卒認定資格取得を経て、サイバー大学を2017年３月に卒業。

野球一筋の人生を変えた聖書を「ぶどうの木」というグループで学ぶ。

2017年１月19日、amazonより「齊藤諒の生きる力～四肢麻痺・人工呼吸器装着の僕が伝えたいこと～」電子書籍版を出版。

「ぶどうの木」聖書勉強グループは３冊の本を出版している。

『一つになろうよ‼～命の絵本・命の糸に出会う本』（2014年10月25日、燦葉出版社）

『一つになろうよ‼～命の絵本・命の糸に出会う本』（韓国語版）（2015年10月25日、燦葉出版社）

2016年11月５日、韓国のクムラン出版社（쿰란출판사）より同題名の本、『하나가 되자！생명의 그림책・생명의 실을 만나는 책』を出版。

齊藤諒の生きる力 四肢麻痺・人工呼吸器装着の僕が伝えたいこと

2017年９月１日　初版第１刷発行
2018年９月30日　初版第２刷発行

著　者　齊藤 諒
発行者　瓜谷 綱延
発行所　株式会社文芸社
〒160-0022　東京都新宿区新宿１－10－１
電話 03-5369-3060（代表）
03-5369-2299（販売）

印刷所　図書印刷株式会社

ISBN978-4-286-18639-9